冰心散文奖
获奖作家散文自选集

在稻田里踏泥修行

陈晨　著

组　　稿：中国散文学会
总 主 编：周　明　红　孩
执行主编：凌　翔

中国经济出版社
CHINA ECONOMIC PUBLISHING HOUSE
·北京·

图书在版编目（CIP）数据

在稻田里踏泥修行 / 陈晨著.
—北京：中国经济出版社，2019.12
（“冰心散文奖”获奖作家散文自选集 / 周明，红孩，凌翔主编）
ISBN 978-7-5136-5649-8

Ⅰ. ①在… Ⅱ. ①陈… Ⅲ. ①散文集—中国—当代
Ⅳ. ① I267

中国版本图书馆 CIP 数据核字（2019）第 073148 号

策划编辑　崔姜薇
责任编辑　焦晓云
责任印制　马小宾
封面设计　陈　姝

出版发行　中国经济出版社
印 刷 者　唐山楠萍印务有限公司
经 销 者　各地新华书店
开　　本　710mm × 1000mm　1/16
印　　张　13
字　　数　168 千字
版　　次　2019 年 12 月第 1 版
印　　次　2019 年 12 月第 1 次
定　　价　49.80 元
广告经营许可证　京西工商广字第 8179 号

中国经济出版社 **网址** www. economyph. com **社址** 北京市东城区安定门外大街 58 号 **邮编** 100011
本版图书如存在印装质量问题，请与本社发行中心联系调换（联系电话：010-57512564）

目 录

第一辑 在稻田里踏泥修行

第二辑 跟着一朵雪花去北京

第三辑　流水是古镇的书签

第四辑　乡间一棵草

第五辑　为漏雨的世界打上爱的补丁

第一辑　在稻田里踏泥修行

在稻田里踏泥修行

沈希宏博士要来北京领一个奖，知道我借调在北京工作，说顺便来看看我。

我说，好啊好啊，来呀来呀，请你喝酒。

这样回答，并不是我多么渴望他来，我只是出于修养和礼貌，或者说习惯了这样应对。在匆匆而过的人际交汇中，守诺或许会成为彼此的负累，有时只需要哈哈一笑。

然而，沈博士却不是开玩笑，他是真的要来了。

一

来的路上，沈博士在微信里说，我穿得很邋遢，你不要笑我。

我问，你是从山里来吗？

他说，是从田里来。

我说，没事没事，我最多笑个一两声。

我在心里暗笑，又不是没见过，难道会对你的颜值抱有不切实际的幻想？那日在杭州西溪，鲁迅文学院的同学周华诚设宴款待正在浙江省委党校培训的国福、纳兰和我，还叫了当地的朋友沈博士、许诗人和毓美女作陪。

沈博士坐在我右侧，初时觉得他黑而且土，不说话时像一颗安静的土豆，笃实沉稳，让人从心底里觉得可靠。他长得有点像我大学时的劳动委员阿丘，七分憨厚三分木讷，一脸童叟无欺的表情。大学时，每节课下课阿丘都会默默地去擦黑板，两年下来，老师和同学都觉得非常过意不去，推选他入了党，他也就早早地成了学生党员。

然而，沈博士只是披着土豆一样憨厚的伪装，三句话一说，土豆就剥了皮，暴露出活泼有趣的本性。他讲一口流利的"浙普"，聊着聊着，话语间常有智慧的火花闪烁，让人觉得机智可爱。"浙普"与"沪普"是难兄难弟，但我却以为，浙江人开玩笑，不似京式幽默油滑，也不似津式幽默常以略带刻薄的贬损为乐，更不似东北幽默一味走低俗路线，浙江人的幽默是被江南糯米粉包裹着的，无伤大雅的调笑里透着分寸和友好。华诚适时介绍，说他是博士，是水稻专家。我嘴里"哇哇"地表示仰慕，心里却在为他担心，中国有了"水稻之父"袁隆平院士，不知其他水稻专家是否还有用武之地。

我本是农家子弟，与土地、农事有一种天然的亲近，所以见到种水稻的沈博士，便如同见到同村兄弟一般，是动不动就想摘瓜送菜的乡邻情谊，是忍不住就想"把酒话桑麻"的劳动情谊。

二

只是我空有摘瓜送菜的亲近之意，却并无瓜菜好送，倒是沈博士说要给我寄一包他种的米来。

我欲迎还拒，说米有什么好寄的，哪里都有卖的。

沈博士说，我种的米比别的米好看，而且这种米叫“长粳”，是长长的粳米，与你微信昵称“长今”音近。

我笑，我吃了几十年的米，从来都是吃饱算数，没有观察过米的好看难看。

然而，沈博士的“长粳”真的很好看，一粒粒细细长长，肤色莹白，小巧伶俐，很乖巧的样子。

我把米粒小心捧起，摊放在阳光下，蹲下站起，拍了一张又一张照片，心里盘算着如何才能不辜负这把好米。

客居之地，烹饪条件有限，只能煮粥。

轻淘米，慢和水，清水慢慢没过米粒的头顶，电炉的热情渐渐唤醒了米粒，在气泡的再三邀请之下，她们终于不再矜持，在水中跳起了清香四溢的舞蹈。顷刻间，整间小屋热气腾腾，米香弥漫，让独在异乡的我在人间烟火里感到了幸福。

我把煮好的粥拍照给沈博士看。他说，你应该把这米煮成饭，煮饭的话，每一口要比其他的米多十几粒。

多十几粒啊？那我下回买个电饭煲吧。

我嘴上应付着，心里却想，每一口多十几粒很重要吗？我大口大口吃不也一样多十几粒吗？

三

沈博士一路飞驰，飞机、地铁、汽车轮番换乘，到达我的暂住地西城区木樨地时天色已暗尽。北京的冬季，白天总是艳阳高照，晴空万里，然而那太阳却是不值得信赖的，你以为它能温暖你，它却动不动让你领略深入骨髓的冷。等到太阳落山，那冷便又深了一层。

我在昆玉河的桥边接到沈博士时，他正在瑟瑟发抖，像一株秋天漏割的稻子，乍然遇冷，在不属于他的季节里不知如何应付，只好机械地靠抖动身体给自己取暖。

我看看他单薄的衣衫，说，你怎么穿这么少？

他冻得磕着牙齿，含混不清地告诉我，他是从海南的南繁基地陵水直接飞过来的，对北京的寒冷根本没有心理准备。

我优越而又同情地看着他，很想抱抱他，给他一点温暖，又顾虑着男女授受不亲的古训，何况彼此间还不是特别熟悉，只好指指手里的酒，说，走，请你喝“笨酒”，饮酒取暖。

四

“笨酒”是我一个同学参与酿造经营的东北烈酒，以“笨”为名，是想说尊重时间，顺其自然，不投机取巧，让粮食慢慢发酵。但我不胜酒力，喝了半杯就感觉头脑迟钝，真的有些愚笨了，迷离的眼神望过去，对面的沈博士叠影重重，凌乱的头发上有博士帽在隐约闪光。

沈博士倒是越喝越清醒，不时地提醒我：“再给我倒点。”如此三次。

那家小店名叫“粥立方”，以卖粥为主，没有什么好的佐酒菜。沈博士并不在意菜的好坏，他有丰富的知识用来佐餐，关于水稻的话题一个接着一个。

讲到稻子，沈博士的眼睛里有细碎的光芒。对他来讲，他的稻田就是他的后宫，他的水稻就是他的三千佳丽。海南的陵水县，号称中国农业的“硅谷”，驻扎着150多家农业科研机构，包括袁隆平院士在内的诸多农业科学家都在陵水做过科研。每年，沈博士都要去陵水待上几个月，已经坚持了20多年，那里有他的30亩水稻田。

他给我看陵水的水稻田照片，说，你看，这些水稻都是我自己插的，我的水稻株形多么俊朗。

噢，俊朗吗？的确是。

我歪着头看，心里有些不以为然，种水稻就种水稻，能结稻谷就行，还要管它俊朗不俊朗。偷偷瞄一眼沈博士，只见他肤色黝黑、身材矮小、衣着随意，不像博士，倒更像是农民兄弟。我心里暗暗发笑，你那么在意稻子株形俊朗，怎么一点儿都不注意你自身的株形是不是俊朗呢？

沈博士说，我们是追着太阳跑的候鸟，对于农业科研工作者来讲，一年种两季水稻是不够的，还必须在热带地区开垦水稻基地。除了浙江、海南陵水之外，印度尼西亚的爪哇岛上也有我的水稻田。

爪哇岛？这个名字怎么这么熟悉？

他笑，肯定熟悉啦，小时候大人经常吓唬我们，你再不乖，就把你放到爪哇岛上去。

噢，原来真的有爪哇岛啊！那你肯定不乖啊，所以要去爪哇岛。

沈博士笑，是啊是啊，我也纳闷，我到底哪里不乖，要被流放到爪哇岛去。小时候，妈妈总是对我说，你不好好读书，将来只能种田。于是我拼命读书，读完大学本科读硕士，读完硕士读博士，可是妈妈呀，我已经好好读书了呀，为什么还在种田呢？

我笑得喷酒。

五

沈博士继续带着我流放爪哇国。

他说，爪哇岛地处赤道附近，阳光热烈，任何时候都适合种植水稻。印尼人对稻米有一种原始的崇拜，在他们的心目中，稻米是有灵魂的，是从人的眼睛里长出来的。印尼人非常珍视米饭，常常做成讲究的食物，带到田间，带到工厂。他最爱的一种米饭叫“soto ayam”，翻译成中文就是“速度啊呀”，其实就是用鸡汤浇在米饭上，吃起来酣畅淋漓。

我朝着沈博士的眼睛看去，好像真的有稻米正从他狭长的小眼睛里长出来。我相信，若论对稻米的崇拜和热爱程度，沈博士一定超过了印尼人。在印度尼西亚种了很多年水稻，吃多了当地的米饭，他长得越来越像印尼人，以至很多印尼人都以为他是当地人。其实，对沈博士来讲，像哪国人并不重要，自己是不是俊朗也不重要，只要他的水稻长得俊朗就行。

讲完爪哇岛，他又讲水稻午睡的事，说，你知道吗？水稻也是要午睡的。每天中午，它们都会轻轻合上眼睛，告诉你，我要午睡了。

我想象不出水稻午睡的模样，只是在酒精的作用下，我自己也想轻轻合上眼睛午睡了，尽管已是差不多晚上 9 点了。

菜凉了，酒没喝完，店里的其他客人都走光了。沈博士说，我得回去了。再不回去，我怕自己回不去了。

我不知道他在怕什么。朗朗乾坤，首都的治安很好，身旁还有一名彪悍的女警。

天更冷了。我把他送到他来时的桥边，看着他缩着脖子，一蹦一跳地到了对岸，像一滴墨汁滴进了更深的黑里，渐渐消失在寒风凛冽的首都街头。

他一定很冷。我想。

六

第二天，沈博士发来他领奖的照片。只见他穿着从学生那里借来的西装，胸前佩戴着大红花，笑得憨厚而腼腆，手捧奖牌的姿势让我想起当年宣传画里手抱稻穗的农民兄弟。那稻穗颗粒饱满，抱在手里沉甸甸的。他是代表中国水稻研究所领的奖。

沈博士离开北京后，我才真正关注并了解他。从华诚的文章里，我知道了他是很有建树的水稻育种专家，有精湛的杂交水稻技术。更让我佩服的是，他还写得一手好散文，并在《杭州日报》上开了一个叫“娓娓稻来”的散文专栏。在他的笔下，那些枯燥的农业科学技术竟然可以如此妙趣横生，也因此吸引了众多粉丝。

某一天，我翻开我的摘抄本，惊讶地发现，居然很久以前就摘抄过沈博士的一篇文章。呵，原来，很久以前，他就把水稻种进了我的摘抄本里。摘抄的时候，我根本没有想过，有朝一日我会坐在对面傻傻地听他讲水稻如何午睡。

沈博士的那篇文章叫《花开有时》，文中写道：“春分一过，江南花事已然大肆铺陈。梅花开过，桃花开。油菜花开过，野花开。惊艳了大地，也开遍了朋友圈。我是无缘这些鲜艳的。每年三月，我都远在海南看稻花。三月开的稻花，在去年冬天就播种了的。海南地处亚热带与热带交界，四季光温充足，是植物生长的天堂，也是加快植物育种的天赐所在。每年冬天，除了来过冬的，还有一支南繁育种大军。他们通常被称为候鸟，人随育种材料走。所以呢，阳春三月，在江南叫作春暖花开，在海南叫作南繁加快……”

文章的结尾，他这样写：“一花一世界。水稻的花语，叫作喂饱世界。我国常年种植 4.5 亿亩的水稻，其面积差不多等于三个浙江省。一朵稻花，一个月后就会长成一粒饱满的稻米。”

七

我后来很久没有再见到沈博士。有一天，我打开手机里的运动健康排行榜，看到沈博士已经走了 15000 多步，而且数字还在快速攀升。

我很好奇，问他，你在干吗？散步吗？

我想象着，此刻，他正走在南国的田埂上，两旁的稻子伸出邀宠的枝叶，稻花吐露着淡淡的芳香。

沈博士很快回了信息，发来一个流泪的表情，说，哪有那么闲适，我是在强度劳动呢。

原来，他在观测水稻的变化，记录科学数据。

一个双休日的早晨，我闲来无事，问他在干什么。

他发来一张水稻的照片，说，我在剪杂交。

剪杂交?

就是把一株水稻上的雄蕊剪去，引入新的雄蕊，这样，后代就会基因重组，发生各种变化，然后可以进行选择。

噢。

我假装懂了，心里不禁为自己的无聊感到内疚。原来，风趣幽默只是他与朋友相处的样子，只要跟他的水稻在一起，他立马就成了“水稻痴”、工作狂，起早贪黑，没有双休日，比农民还要辛苦。

我很严肃地告诫自己——科学家的时间宝贵，他有很多科研任务要完成，浪费他的时间简直就是蓄意破坏农业!

此后，我很少打扰他。每次吃“长粳”米饭的时候，我都忍不住想数一数这一口到底有多少粒。一边数，一边想：沈博士这会儿是在海南陵水，还是在爪哇岛？是在巡视他那株形俊朗的水稻，还是在吃流着黄油的“速度啊呀”?

无意间读到余秋雨先生的《泥步修行》，惊诧“泥步修行”这个词用来形容沈博士和他的同事是如此贴切。在稻田里，在泥泞中，他们深一脚，浅一脚，日复一日，执着修行；在稻花里，在谷穗里，他们安顿自我。他们的使命有如稻花，也叫“喂饱世界”。

探访贾平凹的书房

万事因缘，我信。

如果不是因缘际会，我不会来到贾平凹老师这个传说中的书房。之前，我没有奢望过去拜访贾老师，我甚至已经订好了回程的票，但在接连几次的误操作之后，原定的行程不得不延后。这个多出来的下午，犹如天赐。

贾老师的书房里很少见到书的踪影，最多的是各式佛像，瓷的、陶土的、铜的，半身的、全身的，把三个房间摆得满满当当。

贾老师的书桌，也安放在各式佛像的围绕之中。大大的书桌上，仅有一小块地方是空白的，容贾老师伏案写作。在佛祖的注视下，贾老师心地澄澈，抓笔有痕，坚持每日写 2000 字以上。就在这张书桌上，贾老师完成了 50 万字的《山本》。

我们饶有兴趣地坐到这张完成了很多著作的书桌前，说要拍照留念。贾老师笑吟吟地说道："好嘛好嘛。"还指导拍照的伙伴选取合适的角度："你就这个样子拍，左右留两尊佛像。"

日日端坐在佛像中间，贾老师身上也散发出佛性的气息，低眉垂目，宽厚慈悲，虽是功成名就的文学大师，却没有一点架子，平易得就像家中的长辈。

他跟我们握手，几位曾经见过的朋友他一下子就叫出了名字："见过的，见过的。"

我跟贾老师自我介绍："我是来自上海的女警。"他微笑着说："我看你不像女警嘛。"

我跟他合影，问他照片好不好看。他笑，说："跟我合影你肯定好看嘛。"

他招呼大家吃苹果："吃嘛吃嘛，这是我老家的苹果。"我拿起一个红红的苹果，咬了一口，爽脆、甘甜，像咀嚼着陕南的阳光。

他招呼大家喝茶，茶碗很大，是过去家里用的饭碗，家常，随意。一时间，就像置身于陕南的某个农村小院，宾朋满座，满室春风。

他讲自己外出开会的情形，说穿西装。大家笑问他会不会扎领带，他笑："不会嘛。"

我们坐在贾老师的周围，头顶上方挂着贾老师书写的匾幅，"耸瞻震旦"四个大字苍劲老道，是踮起脚尖追赶太阳的意思。面前是一方木桌，木桌正中置一黑色巨砚，古朴端方。

这天贾老师心情很好，主动提出给我们写字。

楼上，有一张铺着毡子的大书桌，是贾老师泼墨挥毫的地方。顷刻间，"无碍""三年学琴，精神寂寞""明月入怀"等大字从贾老师的笔下缓缓流出。

轮到给我写时，我想都没想，脑子里立马闪过四个字"一静出尘"。我静静地看着这四个字一个一个从贾老师的笔端生长出来，拙朴，有力量。恍惚间，似乎这些字不是我自己主动想要的，而是来自某种神秘的预示。

同行的伙伴捧着字，个个欢喜赞叹，每个人得到的字都是当下的心情，当下的感悟，当下的造化。

房间里这么多佛一定看着我们呢。我想。

传说中，贾老师的书房因为摆放着很多佛像，来的人如果因缘未足，会不适应，心思邪佞之人会坐立不安，心胸狭窄之人会露出本性。但可能只是传说而已。

我拿到"一静出尘"四个字后，欣喜地拍给一个好朋友看，他是贾老师的同乡，也是得到过贾老师精心扶持的作家。有一年，贾老师来上海，两人曾聊到凌晨一点。那次长聊，他从贾老师身上汲取了丰厚的精神力量，从此更加发奋努力，写出了很多优秀的作品。听说贾老师在给我们写字，他说自己的书房刚刚装修好，能不能求贾老师给题个书房名。

我答应试试。我把朋友拟好的"善书房""养善房"让贾老师帮忙选一个。贾老师说："就叫养善房吧。"提笔刚要写，又搁下，说："等他下回回来我给他写吧。"我只好跟朋友说："贾老师说等你回来帮你写。"朋友也坦然，说，"好吧好吧，难为你了。"

遗憾间，贾老师已经为最后一个朋友写好了字。正要收笔，又招呼我："来嘛，那个谁的书房名我给他写吧。"

几分钟里，我的心情一路颠簸，从小心试探，到欣然同意后的窃喜，到被拒后的尴尬，到旁人指责后的窘迫，又到要求被满足后的意外。当"养善房"三个遒劲有力的大字拿在手里时，我有些想落泪。

传闻贾老师从不赠字，今日得赠，已属难得，又代朋友求赠，似有不妥。但这位朋友幼年丧母，少年失兄，一路跌跌撞撞，从贫困的陕南乡村走出，辗转来到上海，不知饱尝过多少人的白眼。与他结识后，我敬佩他的才华和毅力，待之如兄长，只要他求助，我从来不曾拒绝，总是尽我所能地帮助他，我愿意做他在异乡的亲人和助力。

此刻，也如是。

我和朋友都不是物欲强烈之人，也许在旁人眼中，贾老师的字就是真金白银，但在我和朋友眼中，这是贾老师给予我们的点拨和加持。要涵养一颗善良的心，要在安静中超越凡俗，生智长技，“善”与“静”其实一直在我们心里。

大概我这个朋友也是因缘具足之人，所以贾老师才会又一次转念，满足了我的不情之请。

我感激地上前拥抱贾老师，掩饰差点流下的眼泪。贾老师拍拍我，他是如此宽厚的长者，世事洞明，慈悲温和。

带着满满的收获和感动，我们告辞，看到书房门口有一行小字“我家主人在写书，勿扰”。小字憨态可掬，让人欢喜。贾老师最怕被打扰，但我们又在不知不觉中浪费了他两个小时的时间。

贾老师送我们到电梯口，那是他一直笑言的“村口”。电梯门缓缓关上时，我看见贾老师仍在电梯门口挥手。

回去的路上，我一直在想，此行最大的收获并非只是得到了贾老师的墨宝，而是悟到：要修一颗温柔坚定的心，俯仰无愧天地，行止无惧神佛审视。

磨心山

唯愿佛手双垂下，摩得人心一样平。

——题记

磨心山，又名摩星山。“磨心”之谓，是说岱山岛形似磨盘，而磨心山位于岱山岛的中心；而“摩星”之说，则是形容其山峰之高，爬上山顶可以摸到星星。

我始终认为，“磨心”之意，远远不是“磨盘中心”那么简单，一定蕴含着佛家的深意。有一天，我路过上海的静安寺，无意间抬头，瞥见大门上有一副对联——“唯愿佛手双垂下，摩得人心一样平”，顿时感觉一朵慈云拂过心头。久久地肃立在大门口，一笔一画画着“摩心”二字。我想，我找到了“磨心”的正解。自古“摩”与“磨”相通，“磨心”也就是“摩心”。

我对磨心山怀有特别的情意，那是我生命历程中非常重要的一座山。磨心山的迷雾里暗藏着我命运的起承转合，梵谷清音洞的水滴曾为我洗去心上的尘埃，慈云极乐寺的阵阵梵音让我豁然开朗。

第一次去磨心山时，还没听说过岱山岛的名字。那一年，我的人生陷入深深的低谷，一个个沉重的打击像猝不及防的巨浪，把我一次次打倒在地。焦虑、怨恨、绝望等负面情绪像一条条绳索，紧紧地捆绑着我，让我常常觉得窒息，一度甚至觉得生无可恋。

邻居陈大姐是虔诚的佛弟子，要去岱山的慈云极乐寺进香，邀我同去。我那时并不信佛，也不知道岱山在什么方位，但听到寺名，心中莫名动了一下，于是答应一同前往。

夜航的轮船驶入茫茫的大海，看不到一丝光亮，也看不到方向。汽笛长鸣，入耳却像呜咽。湿润的海风吹拂着我的眼睛，干涸已久的眼里有了湿意。在海浪温柔的轻摇里，我渐渐地进入了梦乡。

天色微明的时候，陈大姐叫醒我，说是岱山到了。我迷迷糊糊起来，跟着她上岸，又跟着她上了接站的车。

车子一路盘旋着上山，山上浓雾迷漫，看不清任何景物。恍惚间，我跟着陈大姐进了寺门。我并不清楚进寺要做些什么，一路懵懵懂懂，全凭陈大姐小声嘱咐。

大殿礼佛完毕，陈大姐拉着我说："走，我带你去观音洞求签。"跟着陈大姐径直往里走，面前出现一块石壁，上面写着"梵谷清音"四个大字。洞内有观音塑像，面相慈和，让人感觉亲切。

那时的我，总觉得人生道路已经走到了山穷水尽的绝境，极度渴望有超自然的力量伸出强有力的援手，把我从绝境中解救出来。跪在观音像前，我的诉求强烈而执着。小心翼翼地摇动着签筒，满心期盼抽到一支好签，好让我得到绝处逢生的期许。然而，第一支签是下下签！再摇，第二支也是下下签！第三支，仍是下下签！一连三支都是下下签，像是对我正式下达了命运的判决书，让困境中的我心理上再受重挫。

我不甘心，抓起签筒，意欲再求。陈大姐温柔而坚决地制止了我，轻声说道：“强求不得，你放手吧！”声音很轻，却像空谷中传来的神谕，让我蓦然惊醒。匍匐在观音像前，我百感交集，泪如雨下。

陈大姐不知道我的人生遭际，但她是心怀悲悯之人，并不问我心中有何委屈，只是轻轻拍了拍我的后背，随即走出洞去，留我一人在梵谷清音洞里沉思。

那一天，我在洞中独坐了很久。在旷远的寂静里，我听到有水滴的声音。循着水声往上看，我看到有水珠从洞顶的岩缝里渗出，向洞底的水池滴落，发出一声声轻灵的回响。那泠泠的滴水声，像木鱼的敲击声，敲在我心上。我用一滴透亮的水珠，擦拭我蒙尘的心灵，在水珠的折射中幡然悔悟。回望走过的人生之路，我第一次站在不一样的视角，第一次意识到，走到今时今日的境地，并非全是他人的过错，自己妄起贪嗔，自缠自缚，恐怕才是遭受种种挫折的主因。

在洞中，我把所有恩怨全部卸下，顿觉心灵澄澈，身体自在，天地宽广。梵谷清音，让我向死而生，得到了救赎。

离开磨心山时，浓雾仍未散尽，但我看到霞光万丈从我心底升起。我记住了磨心山上的感悟，开启了磨心之旅。磨心如磨石，磨过千万遍，逐渐磨平心中崎岖，把心磨得坚强而平坦。

第二次上磨心山时，我已经不是当年那个任性倔强的我了。数年磨心，我颇有心得，本欲用文字疗愈心灵创伤，也于无意间结出果实。2014 年 6 月，我的一篇习作获得“岱山杯”全国海洋文学大赛二等奖。这是我第一次获得全国性的散文奖项。我受邀去岱山领奖，并被热情好客的岱山文友带上磨心山观光。

当年雾中上山下山，磨心山的样子并未留下印象。这一次，我才得以认真端详磨心山。原来，磨心山是一座如此秀丽的山，占尽了海岛山峰的灵气与豪气。山上是看海的绝佳地点，近处有翻卷的海浪、飞翔的海鸟，远处有扬帆的航船。山间树木繁茂，茶园清秀。林间的鸟鸣，欢快而清脆。山上的一草一木都像见到了老友一般，亲切地招呼着我。走近山门，看到寺庙门口镌刻的“慈云极乐寺”五个大字，在午后的阳光下闪闪发亮。

那一天，在梵谷清音洞中，得遇一位法相端严的僧人。法师熟读佛学典籍，引经据典，出口成章，令我叹服。身处洞中，法师的声音温和而慈悲，与我讲如何明心见性，如何涵养心灵，无不令我入耳入心，心生欢喜。听着法师一番点化，我感觉有如慧月入怀，心变得很软很软，一腔柔肠，愿意付于相遇的万事万物，愿意与全世界温柔相待。

走出寺门，我站在山上俯瞰大海，看见远处的航船正鼓起风帆，乘风破浪。这是磨心山给予我的又一次人生启迪——扬帆远航，实现理想。

在岱山，我的文学之路正式启航。通过岱山笔会，我结识了很多成果丰硕的文朋诗友，并从他们身上学到了很多，创作的热情也被激发出来。从岱山开启的文学道路，一路顺畅，我接连写了很多文章，也获得了各类奖项。尽管离真正的成功还很遥远，但现时今日的我，有广博的心灵世界，有不惧风浪的勇气，既已启航，定当勇往直前，驶向更为辽阔的远方。

那次磨心山之行还闹了个笑话。我在山上流连忘返，以至没有跟上大部队的步伐。车子开出很久，大伙儿才发现少了一个人。等到他们返回来，看着失而复得的我，一车人都开着善意的玩笑，笑着说“丢人了，丢人了”。我也开心地笑，暗想：哪里是丢了人，分明是重新找回了我自己啊！

第三次上磨心山，是陪同一位文友姐姐去梵谷清音洞求签。那次，我和那位姐姐都意外求得了好签，她得了大吉签，我得了上上签。洞中有位居士阿婆，笑着为我们送上真诚的祝福，并为我们舀来洞中甘霖。我和姐姐兴高采烈，举杯畅饮。甘洌的清泉顺着我的喉咙，依次抵达我的五脏六腑，让我的心无比清凉无比欢畅。

下山的时候，我仍然沉浸在万事大吉诸事顺遂的美好愿景之中，突然想起自己当时只顾求签，却忘了所求何事，也不知这一支上上签应在何事上。

转念一想，不知所求何事，也就是对神灵无所欲求吧。其实，幸福也罢，成功也罢，都是向心而觅，靠心赢取。

三次磨心山之行，是摩心之旅，也是磨心之旅。心中有崎岖，时时需打磨，千万次碾压，千万次磨砺，才能让心变得坚强而平坦。心中有块垒，时时需按摩，一次次揉按，一次次疏泄，才能磨平心中皱褶，让心变得柔软而温和。

人心平了，世界也就平了。人心柔软了，世界也就柔软了。

在鲁院，与文学谈一场恋爱

对于曾经在鲁迅文学院深造过的历届学员来讲，也许，每个房间都有特定的标记与符号，每个房间都保管着特殊的记忆。

开学报到那天，在来北京的高铁上，有位鲁院学长在微信上问我即将入住的是哪个房间。我说是 405 房间。他发来一个掩嘴而笑的表情，说："那是鲁院最适合谈恋爱的房间，你可要好好把握机会！"对于他"不怀好意"的逗趣，我发过去一个妩媚的微笑，嬉皮笑脸地回应道："好啊好啊，天时地利人和，不谈恋爱就对不起这么好的房间啦。"

来到鲁院，踏进 405 房间，我立刻明白了为什么这是传说中最适合谈恋爱的房间。鲁院的学员宿舍楼呈"回"字形排列，405 房间位于西南角，在走廊的尽头，南向，隐蔽，安静，不受干扰，地偏心远，地理位置绝佳。

在 405 房间，似乎还能依稀捕捉到曾经发生过的情感故事，那些缠绵的气息还在房间里隐约回荡。

我无意置喙发生在鲁院的情感，缘起缘灭，各有因缘。但我深知，我自己以中年之龄，抛家舍业，千里迢迢，来到鲁迅文学院这所文学的殿堂，绝不是为了你侬我侬儿女情长。如果要谈恋爱，那也要与鲁院、与文学谈恋爱。

是的，与鲁院谈一场铭心刻骨的恋爱，与文学谈一场地老天荒的恋爱。

在鲁院，我情感的小舟划入爱的汪洋，一天比一天沉沦，一天比一天迷恋。鲁院给予我的诱惑，我无力抵抗；文学对我的挟持，我无意抵抗。我深堕爱河，不能自拔。

我爱鲁院那强大的气场，爱鲁院那照耀着我的文学之光。在鲁院，每一刻我都能感受到自己是处在一个巨大的文学的气场中，每一刻我都能感受到自己置身于文学的怀抱中。

踏进鲁院的大门，首先映入眼帘的就是鲁迅先生的巨幅铜像。闻一多、瞿秋白、张爱玲、萧红、莎士比亚、荷马等数十位中外作家的画像，挂满四面墙壁。他们是不灭的星星，照亮了整个文学史；他们是不灭的明灯，是照耀在我们头顶的光。

我生性疏懒，并不热衷于浪迹全城，最爱的活动方式就是绕着四楼的走廊一圈圈地走。这是我与鲁迅先生以及所有文学大师们私语的方式，也是我与鲁院恋爱的方式。从我的房间出发，走上八步，就能看到鲁迅先生的肖像。铜铸的肖像很有质感，阳光从顶楼的玻璃上透进来，照在鲁迅先生的脸上。他的眼神，也随着太阳的移动而变化，时而深邃，时而坚毅，时而悲愤，时而温和。

在鲁迅先生的注视下，我一圈圈行走，可以天马行空地胡思乱想，也可以什么都不想。顶天立地的文学巨匠，以无言的方式，诉说着无尽的话语，给人启迪，让人警醒。

在与文学的恋爱中，我不断地汲取着爱的力量，努力成为更好的自己。

每天清晨，我起床后的第一件事，就是站在405房间巨大的玻璃窗前远眺，现代文学馆的A、B、C三个馆尽收眼底。鲁迅文学院坐落在现代文学馆的大院内，是现代文学馆的一部分，但鲁院学员更愿意把现代文学馆当作鲁院的一部分。那些蓝顶红瓦的建筑在晨曦的照耀下，宁静祥和，而又自信笃实。它们保存着众多作家的印迹，时常举办一些足以进入中国文学史的文学活动。现代文学馆的大礼堂，是历届茅盾文学奖、鲁迅文学奖颁奖典礼的举办场所，它们见证了许多作家的辉煌与荣耀，也是多少写作者梦中渴望抵达的地方。在鲁院学习期间，我们参与了第十届全国优秀儿童文学奖颁奖典礼、新时期文学成果展、首都文艺界学习贯彻十九大精神座谈会等活动。铁凝、莫言等偶像级的大作家，如此近距离地与我们在一起，握手、合影、亲切交谈。他们谦和地降低身姿，与我们双手相握，给我们力量，给我们信心，给我们引领，让我们曾经遥不可及的仰望，变成可以努力追赶的目标。

更多的日夜晨昏，陪伴着我们的是分布在现代文学馆院子里的那些已故的大作家们的雕像。他们或隐逸林中，或端坐道旁，以不朽的姿态迎接一批又一批鲁院学员。巴金先生佝偻着身子，在河边沉思；茅盾先生西装革履，风度翩翩；郭沫若先生抬头仰望，一首激昂的诗歌喷薄而出；冰心女士托腮凝神，永远停留在她二十几岁的花样年华里；丁玲女士身披军大衣，俨然延安时期的女战士；老舍、叶圣陶并排坐在长椅上，亲密地交谈，年轻的曹禺谦虚地站在他们身后；朱自清先生端坐在莲花池边，池中的睡莲盛开又枯萎，残叶上了岸，而他面前的荷花皎洁如初……

在鲁院，我也像热恋中的人一般，一刻都不想与我的鲁院分离。从北京到上海，坐高铁不到5个小时，但我舍不得与鲁院分开，哪怕是一天。有人告诉我，北京的秋天最美，有空就去各处看看吧。然而，对我而言，再美，哪有鲁院的秋色美！北京的秋色，明年我还可以再看，但明年鲁院 405 房间的居住者一定不是我。

常常有往届的鲁院学长回来故地重游，他们去原来住过的寝室里坐一坐，与现在的室友交谈合影，把那本留有自己笔迹的纪念册翻到自己写的那一页。眼角的泪，颤抖的手，都在告诉我，他们的依恋与不舍。但是，情深依旧，已是过客。前台的“访客单”告诉他们，他们只是访客，必须在晚上 10 点前离开。从鲁院建成到现在，一批又一批作家走进鲁院，又离开鲁院，带走的是在鲁院获得的知识、得到的感悟，带不走的是对鲁院的依恋与深情。

国庆长假之前，我在亲情与鲁院之间反复纠结，最终还是选择留在鲁院。正值中秋，我与其他几位没有离京的同学一起，在鲁院度过了最难忘的中秋之夜。我们在荷花池边赏月，一轮圆月高高地悬挂在空中，月光静静地流泻，照着我们，也照着院子里那些故去的文学巨匠。我们与他们同沐一轮圆月的清辉，与他们一同感叹“明月几时有，把酒问青天”。那一轮鲁院的圆月，连同那晚南腔北调关于月的吟诵，是我能想到的关于中秋之夜最美好的场景。

在鲁院，我与文学如漆似胶，日夜纠缠。从来没有像在鲁院的这四个月，那么密集的知识轰炸，那么多高人的经验之谈，那么高层次的文学研讨，以及同学之间源自文学的惺惺相惜。这一切，都激发了我的创作冲动，促动我向着更高远的目标奋发。

属于我的鲁院时光只有四个月，从报到之日开始倒计时，过一天，就少一天。从第一天起，我就开始预习别离带来的伤感，一阕离歌，序曲早早地在心头萦绕。学习期满后，我也将离开鲁院，离开 405 房间。鲁院于我而言，终将成为爱过的历史。当我关上 405 的房门，硬生生地切断与一大段美好时光的联系，切断与鲁院的爱恋时，我不知道自己会不会哭。但我知道，我不是把这一室阳光关在了身后，而是会永远地把它们披在身上，它们将照亮我前行的路。

周晓枫说，爱之所以美妙，大概因为它不仅是对某人的细心体会，更是对自己的创造。

鲁院，我来过，我爱过。

两间小屋

我曾经有过两间小屋，加起来不足 9 平方米。一间仅有 3.3 平方米，那是提篮桥监狱九号监三楼的一间监房。刚刚参加工作时，我是提篮桥监狱的女警察，那间监房被改造成我的办公室，与女犯们的监房相邻。另一间不足 5 平方米，那是我蜜月的新房。每天，我从一间小屋来到另一间小屋，在新婚的妻子和威严的监狱女警察之间转换角色。小屋是狭小的，与小屋连接的生活是清苦而忙碌的，但又是充实而温馨的。

每天清晨，当我叮当的钥匙声在监狱的走道里响起时，本来嘈杂的说笑声便会戛然而止。我管理的诈骗女犯们静静地劳动着，或者编织毛衣，或者拆纱卷收毛线。小屋的门一打开，随着络绎不绝的“报告队长”，女犯们便会在我的小屋中进进出出。她们有的是来向我汇报思想的，有的是来向我请示工作的，有的是来要我调解纷争的……一时间，小屋成了一处信息交汇场所，各种琐碎的鸡毛蒜皮小事充斥其间。有时，两名互不相让的女犯会在我的小屋中各展口才，高分贝的吵闹声仿佛要把小屋撑破；有时，小屋是一间心理门诊室，女犯们向我倾诉着内心的苦闷，淌下她们或是辛酸，或是悔恨，抑或是欺骗的泪；有时，小屋又是一个避风港，在我被桀骜不驯的女犯气得浑身发抖时，可以让我在这里无声地流下委屈的泪……这间小屋是我工作的起点。审视着一个个女犯的来路，我常常惊惧命运之手的魔力。贪、嗔、痴，其实人人都有，善、恶有时也只在一念之间，但不经意间铸成的罪错足以毁掉人的一生。所以，从这里开始，我一点点蜕去了任性、张扬的个性，变得沉静而从容。在监督女犯们改造的同时，其实我也在改造着我自己。

在那些“舌灿莲花”的诈骗女犯面前，我曾经稚嫩得不值一骗，常常被她们声情并茂的口才表演弄得云里雾里、真假莫辨。经过无数次正与邪的较量，我渐渐变得镇定、冷静、果断、成熟。我是威严的、居高临下的，因为我身着警服，代表着国家机器；然而我又是充满悲悯的、苦心焦虑的，正与我的同事们一起，认真地实践着“对待犯人要像老师对待犯了错误的学生、像医生对待病人、像父母对待孩子”的教育方针，努力矫治女犯们扭曲的心灵和畸形的情感。在我管理的女犯中，曾经有一名“反改造尖子”，每天不停地借题吵闹，破坏改造场所秩序。我一次一次地把她叫到小屋来，跟她谈心，让她倾泻心中的怨气，为她排解思想症结。终于有一天，她对我说：“队长，我以后再也不吵了，我知道你是为我好。你跟我女儿一样大，让你一次一次苦口婆心地劝我，我也感到难为情了。”还有一名女犯，服刑时也曾让我颇费脑筋，也是我小办公室的常客。很多年后，我在街上与她偶遇。谈起她在服刑时的种种往事，她说：“那时我很怕进你的办公室，怕被你批评，又很想进你的办公室，把我心中的苦闷和烦恼跟你谈谈，我会感到很轻松。”刑释后，她办起了一家小店铺，起初很艰难，每天起早贪黑地干也赚不到几个钱，但现在越做越顺了，生意也越来越好了。她说，服刑 4 年，她已经不再惧怕任何困难，吃官司让她变得坚强了。过年时，她给我寄来一张贺年卡，卡片上写道：“在你火柴盒般的小办公室里，你为我擦亮过重新做人的思想火花。”

下班了，我脱下警服，换上便装，匆匆走出监狱大门。提篮桥监狱的四重大门外，我新婚的丈夫已等得望眼欲穿，此刻，我是他温顺的小妻子。我们手牵着手，在满目金灿灿的夕阳里，一起走向另一间小屋。那是保定路上一间不足五平方米的小屋，婚后无房的我们暂把此处作为蜜月的新房。小屋太小，只放得下一张单人床和一个小写字台，一个人在地上用电热锅张罗晚餐时，另一个人只能待在床上作陪。晚餐后，我们一起看书，一起打游戏，一起记“夫妻日记”……一个元宵节的晚上，监狱的同事们不期而至，吵着要闹新房。“新房”太小，大家只好站在走廊里，嬉闹着，欢笑着，祝福我们在火柴盒一般的小屋里，擦出新生活的火花。小屋太小，装不下朋友们太多的祝福；小屋太小，也装不下我们太多的幸福和甜蜜。

如今，离开提篮桥监狱的小屋已很多年，从蜜月小屋开始的搬家也已经历了六次，两间小屋像两艘曾经坐过的船，驶离了我的生活，离我越来越远了。但每当失意彷徨、意兴阑珊的时候，两间小屋又会像小船一样沿着记忆缓缓地驶来……

在大海深处栖居

“你来看看我好吗？我在中心医院，快不行了。我有事找你帮忙。”

林小海的电话突兀、直接，几乎没有寒暄和过渡，让我愣了很久。说是快不行了，倒也听不出有多少悲伤和难受？但我还是决定立即往医院赶。20多年不见，他从来没有找过我，这次辗转联系到我，求助的心情一定很急切。

一

一路上，满脑子都是童年林小海的模样，调皮的，嬉笑的，哀伤的，木讷的……

小海和我住一个村，出生比我晚一天，小学时我们做过同桌。同村的同龄人大多家里有两三个孩子，但小海的妈妈生下小海后再没生养，小海就成了我们这一辈人中很少有的独生子。身为独子，家里自然格外宠爱些，童年时的小海调皮捣蛋，喜欢恶作剧。跟他做同桌，我吃过他不少苦头。他经常出其不意地在背后拉一把我的辫子，或者在上课时突然用肘尖袭击我。老师告到他父母那里，他父母也就不咸不淡地说他两句，他吸溜着鼻涕嘻嘻一笑，一点悔改的意思都没有，过后照样我行我素。

那时的小海，我只想离他越远越好，但老师一直让我们做同桌，她说让我在学习上多帮助小海。于是，我们每天纷争不断，打闹常有。

我们上三年级那年，一场变故彻底改变了小海的命运，也改变了小海的性格。那一年，小海从一个备受宠爱的独生子变成了父母双亡的孤儿。

我们老家在东海海滨，村里的邻居们平时除了在农田里参加劳动外，常常还会出海捕鱼、捞鳗苗，挣几个外快钱。

那一年，村里有人买了一条简陋的船，出海捕捞鳗苗挣了大钱。针尖一样的鳗苗卖出去都是按条结算的，有时出海一次的收入抵得上在农田里几年的工分。那个时期，我们村里的财富神话就是谁谁谁捕捞鳗苗又赚了多少钱，那细细的鳗苗勾引着村民们纷纷奔赴海洋。

海洋，成了村民们脱贫致富的主战场，他们看到了资源，却看不到大海深处暗藏的杀机。那时候，村民们对恶劣天气的警惕程度相当不够，出海遇到大风大浪是常有的事。大海对这些贫苦的村民们似乎是恩慈庇佑的，每一次狂风暴雨都让出海的村民挺了过去，有惊无险地回到了岸上。

那一次，小海的爸妈没有挺过去，再也没有回到岸上。

我不知道小海的妈妈当时为什么要跟着出海，毕竟出海捕鳗苗是男人的活，而且她不会游泳。如果她不去，小海就不会变成一个无父无母的孤儿，甚至可以这么说，如果她不去，小海的爸爸也不会死。

但是，鬼使神差地，那一天，小海的妈妈跟着一起出海了。

那天晚上，他们在海上遇到了前所未见的大风浪，简陋的小船像一片树叶被疯狂的海浪掀起又抛下，分分秒秒都有被掀翻的危险。小海的妈妈在船上站立不稳，一下子掉进了海里。

小海的爸爸眼见妻子落水，毫不犹豫地跳进海里去救妻子。救妻心切的他高估了自己的水性，低估了大海的凶险程度。他的手刚刚抓住妻子，一个大浪打来，把他们一起卷走了。一开始，还能听到他们喊“救命”的声音，惊恐、无助，夹杂在风雨声中显得微弱极了，叫过几声以后就再也没有声息。船上的其他人不敢贸然跳水救人，只好在船上用长长的竹竿朝他们落水的方向伸过去。但是，哪里还有他们的影子啊。惊惧不已的村民们匍匐在舱底，听着暴风雨像一个坏脾气的怪兽，狂叫着，怒吼着，任凭海浪把船掀起抛下，他们不知道下一秒自己是不是会像小海的爸妈那样消失在大海里。

就这样惊恐万状地过了好几个小时，天亮的时候，风停了，雨住了，大海又恢复了它的好脾气，温柔的海浪轻轻地拍打着船舷，似乎昨晚的大海不是今晨的大海。

村民们捡回了一条命，不由得惊喜交加，想起消失的同伴，顾不得手脚发软，连忙开船到周围的海域寻找。从早上找到傍晚，方圆几百海里都找遍了，哪里还有小海爸妈的踪迹啊，眼看又要天黑了，村民们只好驾船回去了。吃晚饭的时候，巨浪吞人的事震惊了全村。

小海的世界就这样塌陷了。从此，他变成了一个沉默的人。他再也不来招惹我欺负我了，常常面无表情地呆坐着，不知道在想什么。他低着头走路的样子，落在邻居们的眼里，总会引来一阵阵唏嘘。

从那以后，村里出海捕鳗苗的人少了，即便有人要去，也会加倍关注天气预报，防护的措施也加强了。

父母双亡的小海被他的大伯收养了，大伯一家对他怜爱有加，但小海的脸上再也没有了笑容。

放学了，我发现小海没有往大伯家的方向走，而是一个人往大海的方向走。我留意看了几天，几乎天天如此。

这一天，我看见小海又往海边走，就悄悄地跟在他的身后。

小海走得很快，我远远地跟着。半个小时后，小海走到了海塘边，顺着海塘一路走，一路寻找着什么。

我跑过去问他，小海，你在找什么？

小海回头看见是我，一下子哭了，这还是我第一次看见他哭。

他说，我听见大伯他们说，死在海里的人，他们如果还有牵挂，他们的身体是不愿意离开的，每次涨潮的时候，他们的灵魂都会拼命地把身体运回到岸边。我爸爸妈妈留下我一个人，难道他们走得远吗？他们一定会想我的，他们一定会回来的……

我看着伤心不已的小海，根本不知道怎么安慰他，也跟着他一起大哭。

海风把我和小海的哭声吹得很远很远，我多么希望小海的爸爸妈妈能够听见。

二

我在病房里见到了20多年不见的小海，一下子没有认出来。眼前的林小海似乎冒用了“林小海”的名字。他变得很瘦很瘦，皮肤发黑，眼睛深深地凹陷了下去，他不像是我的同龄人，倒像是比我长了一辈。说是肝癌晚期，但小海脸上的神情并不绝望。看到我，他微微一笑，说，老同学，你还是老样子。那嘴角轻轻地一弯，依稀让我想起童年小海的样子。现在的小海，既不是那个调皮的小海，也不是那个木讷悲伤的小海，是沧桑的，又是诚恳的，每一句都说得很慢，似乎很难启齿，也因为如此，他的托付也不由得让我郑而重之。

小海说，我留在世上的日子不多了，我想见你最后一面，当年我最痛苦的时候，是你给了我友爱。我一直都记得。小时候不好意思说感谢，但现在我想当面跟你说声谢谢，要不然就来不及了。

我红了眼圈，说，小海你别这么说，这么多年我都没有关心过你，我不配听你说感谢。

小海简单地跟我讲了他的经历。初中毕业后，学习成绩不佳的他没考上任何学校，就跟着大伯在田里劳动。大伯家先是种了几年西瓜，又种了几年梨，靠田地吃饭终究富裕不起来。三个堂兄一个个准备成家了，大伯家里住房很紧张，18 岁那年，大伯帮小海把老房子修了修，小海就搬回去自己一个人过了。到了谈婚论嫁的年龄，本地人都嫌他家里穷，没人愿意把女儿嫁给他。过了 30 岁，大伯托人给他找了一个外地女孩，两人成了家。过了没两年，那个外地女孩也嫌他穷，跟人跑了。好在没有孩子。

小海说，我爸妈离开我 33 年了，我没有一天开心过，心里难过的时候，我就跑到海边，想想我的爸妈。有几次，我都跳进了海里，想去找我的爸妈，但都没有死成。唉，终究是因为还没把我这辈子该吃的苦都吃完。

小海说，我其实早就知道自己的身体不行了，但我一直拖着没看。一来呢，家里没钱，看不起病；二来呢，我也希望自己早点去见我的爸妈。那天在大伯家帮忙干活，我一下子痛昏过去了，我大堂兄把我送到医院，一查，就说是肝癌晚期，最多还有 3 个月。我不想治，想回家，但我大伯和大哥都不让。唉，何必再浪费这个钱呢。

小海淡淡地说着，语气里没有悲伤，更多的似乎是解脱，也许，他真的为自己即将与父母重逢而欣慰吧。

小海说，这几天我一直在考虑自己的后事，我以前听说过有海葬这种仪式，我想这是我最好的归宿，但我不知道做这个事需要办哪些手续，要跟哪些部门联系。我家里人都在农村，出头露面去联系的事他们都不擅长，我也没有什么可以托付的朋友，想来想去，你是我小时候最好的朋友，外面认识的人也多，也最有可能帮我做这件事，所以，我找了很多人问到了你的电话。你，帮帮我好吗？

尽管对海葬这种殡葬形式并不清楚，但我还是毫不犹豫地应承了下来，说，小海你放心，我一定帮你把这件事办好。

7天后，小海离世，结束了他的人生。

三

3个月后，我和小海的两位堂兄一起，带着小海的骨灰踏上了专门举行海葬仪式的轮船。

这几年，随着人们思想观念的转变，越来越多的人选择回归大海作为自己最后的归宿，所以报名参加海葬还得排队等候。考虑到天气原因，过冷过热都不适宜举行海葬仪式，所以每年只有3~6月以及9~11月才会安排海葬航班。小海还算好，等候的时间不算长。

船舱内布置得庄严明净，前方的正中间挂着一幅巨幅会标，上面写着“上海市第×××次海葬活动仪式”，下面写着“人在大海中诗意地栖居着”，背景是蓝色的大海，蓝色的天空，白色的云朵，一艘扬帆启航的船。会标的两侧，悬挂着两条白色的绸带。整体氛围是庄严肃穆的，又是哀而不伤、安详宁静的。船舱内几乎座无虚席，坐满了参加海葬仪式的逝者亲属。

轮船缓缓地离开了吴淞码头，加速往公海方向驶去。大约一个多小时后，轮船来到了一片碧蓝的海面上，这里就是逝者的回归之地。

站在甲板上远眺，这一片海洋美极了，湛蓝湛蓝的海水荡漾起粼粼的波浪，似乎有一串串美妙的音符从海面上弹跳出来，无限温柔，又无限悠远，不由得让人深深呼吸，深深陶醉。天空似乎不甘心让海洋独占这份宁静的大美，别出心裁地展示了各种层次的蓝，精彩纷呈，让人目不暇接。原来蓝色可以很透明，可以很单纯，可以很深邃，可以很清凉，也可以很辽远……逝者家属们在看到这片美景的瞬间，暂时忘记了失去亲人的痛苦，转而为亲人能在这里最后栖居而感到欣慰。

海葬仪式开始了。在低沉的音乐声中，全体家属起立，鞠躬，默哀，与回归自然的亲人告别。

在工作人员的帮助下，我们把小海的骨灰和着黄白相间的菊花花瓣，顺着特制的操作管道，缓缓地滑向大海。骨灰沉入了碧蓝的大海深处，最后只有轻盈的菊花花瓣在海面上飞舞。骨灰与海水接触的那一刹那，我的眼睛湿润了。我似乎看见了小海在迫不及待地奔向父母的怀抱，看见了他们一家三口时隔 30 多年终于又团聚在了一起，看见了小海终于露出天真的笑容。从此，小海不再孤苦无依，不再闷闷不乐……

送别了逝者，轮船开始回航。开了很久，还能看见那条黄白相间的菊花花瓣组成的花带，在蓝色的海面上翩翩起舞，圣洁而美丽，宁静而安详。那是无数个逝者在挥舞着双手向我们告别，遥遥地喊着："别了，珍重。"

我的闺蜜

我还不懂“闺蜜”这个词的时候，她就已经是我的闺蜜了，她是我这辈子第一个闺蜜。

她比我大 3 岁，我没有姐姐，把她当姐姐。我喜欢跟在她后面，她走到哪里，我就跟到哪里。她去幼儿园，我也跟她去幼儿园，她坐在教室里上课，我也跟着她坐在教室里上课。那时候，她 5 岁，我 2 岁。

幼儿园的房子破破烂烂的。幼儿园里只有一个老师，姓孙。孙老师说我聪明伶俐，很喜欢我，看见我摇摇晃晃地跟着来上课，并不赶我，哥哥姐姐们学什么，我也跟着学什么。

她到了上小学的年龄，去了小学，我也想跟她去上小学，但小学老师说我年龄小，不要我，我只好留在幼儿园。幼儿园里教的东西我已全部学会，于是孙老师让我做小老师，教小朋友们认字、算术、唱歌、跳舞。

我不喜欢留在幼儿园里，我想快点长大，跟她一起去小学。她放假的时候，我天天跟在她屁股后面。有时候，我会睡在她家里，跟她一床睡。有天晚上睡到半夜，一摸床上湿漉漉的，原来是我白天玩得太疯，尿床了。梦中惊醒的她看着我一脸惭愧的样子，轻声地安慰我，赶紧帮我换掉尿湿的衣裤，又换掉被褥，叫我赶紧睡觉，一句责怪的话也没有。那时候，她 8 岁，我 5 岁。

她是家里的老二，上面有哥哥，下面有妹妹。她母亲宠爱大儿子，娇惯小女儿，唯独对她，始终是严厉的。小时候，我常常听到她母亲呵斥她，甚至有时打她。她从不争辩，平静地听着母亲的训斥，等着母亲发完火自己安静下来。她从小很能干，做饭、洗衣服、扫地、喂猪，什么都干，但她还是家里挨骂最多的一个，她母亲心情不好的时候还是把她当出气筒。村里的大人都觉得她好，说她从小懂事，性格温和。

我上了小学后，仍然像个小尾巴一样跟着她。早上，她到我家来叫我一起上学，我喜欢睡懒觉，洗漱、吃早饭又磨蹭，常常会迟到，她也常常等我等得迟到。小时候，我学习成绩好，即便迟到，老师也很少批评我，她却常常因为我的连累受到批评。挨了批评，她也不争辩，也不讲原因，第二天照样等我，等我的时候也不催我，只是在一旁安安静静地等。我们继续一起上学，继续一起迟到。那时候，她读小学三年级，我读小学一年级。

我读三年级的时候，她去了镇上的中学上了初中，我不得不和她分开，只有休息日才能和她一起玩。她总是要干很多事，还是经常被她母亲骂。她渐渐长大，觉得当着外人的面被母亲骂是件羞耻的事，她母亲如果骂她，她的脸会一下子红了，但她从不争辩，赶紧手脚麻利地干好手里的事。她做事的时候，我会在一边陪着她。她被她母亲骂的时候，我在旁边屏住呼吸不敢说话。

我读初中的时候，又和她在一起了。那时候我们去镇上的中学上学都是靠步行，要走 1 个多小时，早上 6 点不到就要从家里出发。冬天的时候，6 点多钟天还没亮。她还是像小时候一样，早早地来我家里等我。

有时她会很难得地等到大人不用自行车的时候，那样她就会叫我不必急急忙忙，让我坐在她自行车后座上，带我一起上学。

那时候，我们的午饭需要自带，早上带上米和铝制的饭盒，拿到学校的食堂去蒸。有她在，我从来不用操心自己的午饭，她帮我淘米，帮我放好水，帮我把饭盒放到食堂的格子里，中午的时候她去把蒸好的米饭取回来，我下了课，就到她的教室去吃午饭。下饭的菜都是早上从家里带来的，那时我们家里经济条件都不好，没啥好菜，无非是蔬菜咸菜之类，难得有些好吃的荤菜，她都会尽量地让我多吃。如果我有好吃的菜让她吃，她会吃得十分节制和谦让。那时候，她读初三，我读初一。

小时候没觉得什么，就是觉得和她很投缘，喜欢跟她在一起，她对我好，似乎也是理所当然的。现在回过头来，不禁想问她：为什么？为什么当年无缘无故对我那么好？想半天，始终不得其解。也许，有些人的善良、懂事、自我牺牲是与生俱来的吧。

她读书成绩一般，读到初中毕业就工作了，去了乡里的一家缝纫厂做女工。这大概是当年上海市郊农村女孩子比较常规的一条出路，如果不出意外，我也应该两年后去这样的乡办厂上班，然后嫁人、生子。

不过我比她幸运，我后来考上了重点高中，去了县城读书。上高中后寄宿在学校里，见她的机会就少了。

她 23 岁的时候，人家给她介绍了一个男孩子，比她大 2 岁，两人条件相当，订婚一年后就准备结婚了。

她结婚的时候请我做她的伴娘。那时我已经在上海市区工作，学会了化妆。她结婚那天，我给她画了新娘妆。她平时从不化妆，那天化妆后，皮肤白里透红，嘴唇鲜艳欲滴，眼睛清澈明亮，那是她一生中最美丽的时刻。亲戚和邻居们啧啧称赞，都说：“俗话说，临到上轿变三变。新娘子今天真是漂亮啊。”看着镜中美丽的自己，她也娇羞地笑了。不知道为什么，她结婚那天娇羞动人的样子始终留在我脑海里，每每想起她，我就会想起她那天的模样。也许她一直那么平凡，留在我记忆中的影像都是黑白的，唯有那天，她是彩色的。

她结婚后，我见到她的机会就更少了。婚后，她很快生了儿子，儿子又聪明又漂亮，她丈夫待她也很不错。

过年过节时，我看到她，觉得她倒是比做女孩时滋润了很多。我们仍然很亲密，但共同话题少了。她看我的眼神，明显地多了很多羡慕。

她的日子不紧不慢地过着，既没有比别人更好，也没有比别人更坏，如果没有意外，她大概就会这样很平凡地过完她的一生。

意外终究还是来了，她没有办法再安稳地过下去。

有一年春节前夕，她的丈夫被摩托车撞倒，发生意外，刚刚 30 岁，就撇下她和儿子去了另一个世界。

一向平静而温和的她如何能承受这样的打击？也曾痛不欲生、以泪洗面，但看着年幼的儿子，她也只能强忍着眼泪挺直腰杆把日子过下去。那年，她 28 岁。

守了几年寡后，经人介绍，她嫁给了一个修钟表的男人。有人知道那个男人的脾气，说他为人苛刻小气，担心她嫁过去会吃苦。婚后，她的日子的确并不好过。不好过的原因之一是他的女儿。都说后妈难做，她这个后妈尤其难做。这个女儿遗传了父母刁钻刻薄的脾气，再加上正处在青少年叛逆期，没有给她看过一天好脸色。不好过的原因之二是她家的婆婆。大凡人与人相处，不是东风压倒西风，就是西风压倒东风。她的善良和忍让，往往让人一眼就能看到。不好过的原因之三是她的丈夫过于小气。钟表修理铺的生意不错，平时很忙，她就给丈夫做下手。但丈夫只把她当免费的小工，她拿不到一分钱。偶尔有开销不得不向丈夫开口时，丈夫的脸色总是像冬天里的铁板，又冷又硬。好在她从小懂得忍让，并不觉得自己的处境如何悲苦，也从不向人倾诉自己心里的委屈。

后来婆婆去世了，继女出嫁了，她的日子似乎就要好了。但没想到那年夏天她重重摔了一跤，造成尾骨骨折，躺在床上无法动弹。她的丈夫说，店里生意忙，没有时间照顾她，让她回娘家休养。她的母亲，小时候总是拿她当出气筒，现在倒是深深怜惜起这个苦命的女儿，常常为女儿的命运落泪，为女儿的未来担心。

她的兄嫂很善良，知道她儿子在继父家里是会讨嫌受气的，就把他接过来养。好在儿子很乖很争气，考上了重点中学，后来又考上了大学，她的人生总算看到了一点希望的曙光。

再见到她的时候，我们都已是中年妇女。她的脸还是小时候的轮廓，变化不大，还是微微笑着，淡淡的神情，并不比同龄的女人显得苍老。于是我想，老天待她还是公平的，虽没有比别人更好，但也没有比别人更坏。也许在一般人看来，她的命运坎坷，但她从小什么事情都不争不抢，什么委屈都不争不辩，让她生就了这样淡淡的脾气，这是对她真正的厚待。看着她一如既往散淡的样子，我都要觉得自己委屈了。真的，我似乎从小一直是命运的宠儿，自己也一直奋发有为，什么事情都不甘人后，但这些年，我过得又如何呢？风光背后的隐痛只有我自己知道。也许，命运的所有安排都有它的道理吧。

我们断断续续地回忆着往事，笑着说，时间真快啊，一晃 40 多年过去了。她 45 岁了，我也已经 42 岁了。

她是我的第一个闺蜜，小时候，她去哪里，我也喜欢跟着她去哪里；现在，如果她愿意，我去哪里，仍然愿意带着她去哪里。尽管她和我生活在不同的环境里，但我仍然希望跟她做形影不离的好闺蜜，可以每天看到她，舍不得让她再受一点点委屈。不为什么，只因为这种从小建立起来的感情似乎永远地沉淀在我们的血管里了。

就这样温暖地被人“粉”着

这几年，我陆陆续续地写了一些文字，出了两本小集子，尽管文字粗疏，但还是收获了许多结结实实的鼓励，也在不知不觉中拥有了一些粉丝。

最铁杆的粉丝当属我同办公室的同事阿丁。因为条件便利，墨迹未干的新书拿到后，第一本就签好名送给了她。她手不释卷，很快看完了一遍，又看起了第二遍，看着看着，常常会由衷地说：“你看这段写得真好，你是怎么想出来的？”

阿丁比我年长一轮，是解放军游泳队的退役运动员。她 14 岁就入伍当兵，文化程度不高，平时并不喜欢看书，碰到要写的工作最头疼，但她似乎有一种天然的直觉，一眼就能看得出我文章里的优点和缺点。所以，我每次头昏脑涨地完成一篇新稿，第一时间就是拿给她看，她看过后，错别字、病句、漏字、语句不通、前后矛盾、不合逻辑等毛病自然而然地就少了。

阿丁好像比我自己更喜欢我的文字。有时，其他同事来我们办公室串门，而我恰巧不在，她会把我的文章拿出来给大家分享（有些还是未定型的初稿），态度诚恳而自然，就如同邀请大家随意分享我们办公室里常备的各类糖果和小吃。如果我很长一段时间不写文章，她会说：“你这么会写，不写多可惜啊。”虽然并不真的对我构成心理压力，但多少会让我有所触动，想想好歹写点什么吧，否则对不起她的惋惜。

记得我写完《我的战友“帅哥”》的初稿让她看，她看着看着就抽泣起来，看完以后眼泪汪汪地对我说：“我觉得这条搜救犬老作孽额（沪语，意为可怜），你能不能把结尾改改，不要让它死？”我为难地说：“不死好像不够感人啊。”她可怜巴巴地说：“老作孽额，老作孽额……”

唐代大诗人白居易之所以能够取得那么高的文学成就，很大程度上得益于他拥有一批铁杆的草根粉丝。因为未经训练，所以不会被云山雾罩的假象误导，也就有了最灵敏的耳朵和最清澈的眼睛，故弄玄虚、无病呻吟、矫揉造作就像招式繁多的花架子功夫，根本不可能将他们迷倒，只有直抵人心的一记长拳，才能让他们真正感受到力量，而这就是文学作品最有价值的地方。我无意自比白居易，但我跟他一样幸运，拥有小丁这样最铁杆的粉丝，拥有最灵敏的耳朵和最清澈的眼睛，拥有最真诚的鼓励和毫无保留的批评。

我的父母是我最沉默的粉丝。老爸老妈文化程度都不高，近年来他们唯一看过的书就是我写的书。新书出版后，我把书拿给他们看，翻开一篇，说：“你们看看吧，这是写我们以前的事。”他们戴上老花镜一本正经地看，看完一言不发，没说写得好，也没说写得不好。父亲面色平静地走到阳台上，点燃一支烟，抬起头，看着夜空发了一阵呆。我知道我的文章触动了他们的思绪，让他们想起了过去的生活，但他们都沉默着，似乎是不知道怎样表达，也似乎是羞于表达。几十年来，他们习惯了把喜悦、悲伤、骄傲和爱都收纳进沉默而宽广的内心，有节制地、一点一滴地释放。然而，再也没有比他们的沉默更让我平静而安然的，我因他们的沉默而沉默，也因他们的节制而节制。年少时，我常常会情绪大起大落，巨大的快乐会把我抛上云端，让我得意忘形，巨大的悲伤也会让我坠入绝望的地狱，不能自拔。然而，过喜伤心，过怒伤肝，过悲伤肺，过思伤脾，过恐伤肾，一切激烈的情绪首先伤害的就是我自己。年岁渐长，我也渐渐体会到节制的好处。从小到大，我从未听到我的父母当面表扬过我，但我知道，他们是为我骄傲的，所以我的书出版后，特意备了10多本，好让他们分送给他们的老友。

最让我心怀畏惧的粉丝当属一些90后的小辈。妹妹的孩子今年刚刚考上山东大学，国庆节回来说同寝室的同学相约要带各地的土特产。他除了备一些食品外，还跟我要了几本书，并让我在书上签上名。他腼腆地说："这个也是我们家的土特产啊。"

我的几个同学告诉我："你的书我拿给我孩子看了，他说你写得很好，他很喜欢。"

每次听到这样的褒奖，我总是心存不安。我不担心在别人面前的形象不够完美，但我害怕在孩子们面前得分不及格。我害怕文中出现错误导向，影响孩子们健康成长；我害怕文中出现病句、错误，影响孩子们的语文学习；我害怕书中会有儿童不宜的篇目……也许，真的是我想太多了，但因为有这样一部分读者，我不由得警醒，并一遍遍地检查自己的文字，希望它们能经得起后来者的审视。

最欢乐的粉丝当属被我写进书里的兄弟阿乔。他激动地说："我的篇幅最多，姐，你写得太好了！我爱你！"碰到兄弟们在群里交流其他人看过文章后的反应，他会自作多情地问："你说的那个读者是男的还是女的？人家看到文章后有没有打听我呀？"他还一再地让我好好写写他，把他写成那种"玉树临风、风流多情、武功高强"的玉面才子。鉴于功力未到，我一直未敢轻易动笔写他，怕分寸拿捏不到位，把他的完美形象破坏了。为了写好他，我一直督促自己多看书、多学习、多进步，不断增长功力，争取早日完成任务。

还有一些是我敬重的师长，从我一开始学习写作，他们就关注我、鼓励我，我一直感恩写作道路上有他们的指导、鼓励和鞭策。记得原上海市公安局杨副局长没退休的时候，我每写一篇都会拿给他看，他总是给我很多很好的意见，勉励我好好写。在一次聚会上，杨局长一时兴起，说："陈晨的三本书我每一篇都认真读过。"有同事马上指出："错了吧，陈晨好像只出了两本书呢。"杨局长素有急智，马上接口说："两本是正式出版的，另外一本是小陈当年的打印稿，每一篇我都认真读过。"最让我感动的是原《人民警察》主编周广稳老师，他看了我的散文集，发了一则短信给我："我由后记看起，一口气看了多篇。文采斐然，真情动人。对于了解你的我，看了一些篇幅，感觉心里发酸，直想流泪。祝贺你有了一本作家水准的散文集，望一鼓作气写下去。"市公安局指挥部原政治处主任刘冬梅曾经和我一个办公室办公，那时我写好文章请她看，她常常面色严峻地问我："你写这篇文章有什么意义吗？"每次我都要仔细想想文章的主题是否正确，立意是否高远，谋篇是否精良。时至今日，她已退休多年，我每写一篇文章，还会代表她向我自己严肃地发问："写这篇文章有没有意义？"

尽管写得还不多，但能够成为一个写作者，是一件让我感觉非常幸福的事。因为写作，我被越来越多的人莫名而温暖地喜欢，也通过他们的喜欢感知这个世界给予我的慈悲和厚待。因着这厚待，我愈加懂得要与这个世界好好相处，更要与自己好好相处。

第二辑　跟着一朵雪花去北京

家住浦东

一

20 世纪 80 年代初。一个清晨。

天还没有亮透，一抹红霞在云层后面若隐若现。

我跟着父亲，从海边的老家出发，坐车“到上海去”。

老家南汇地处浦东，是上海最东面的郊县，家乡人习惯把去浦西叫作“到上海去”。在浦东方言的语境里，浦西才算是上海，他们很自觉地把浦东排除在上海之外。

这是我第一次“到上海去”，第一次去这么远的地方。陌生的城市让我憧憬，临行前好几天，我都兴奋得难以入睡。

“到上海去”的路途极其漫长，先要步行数里，才能乘上到县城的公交车，到了县城换乘沪南线长途汽车。稀少的班次，缓慢的车速，让出行变得疲惫不堪。在东摇西晃的行进中，我第一次尝到了晕车的滋味，一路上脸色煞白，昏昏沉沉，胃里翻江倒海，随时可能呕吐。

终于到了终点站东昌路码头，下了长途汽车换轮渡。

虚浮的脚刚刚跨上轮渡，半空传来一声汽笛，巨响，惊雷一般，让人陡然一惊，不由地警惕起来。眼前是茫茫的黄浦江水，黑而浊，散发着极不友好的气味。对岸，一排异国风情的建筑美轮美奂。这是著名的外滩，以前只在书中看到过。

外滩的建筑仪态万方地排列着，似乎并没有向人示威的意思，但那种高贵典雅的气派，莫名地让我感到自卑和疏远。

走进“上海”，“阿拉阿拉”的话语在耳边飘浮，我觉得自己像一条上了岸的鱼，连呼吸都无法自如。这是浦西人的上海，不是浦东人的上海。我只想快快逃离“上海”，回到我的浦东去。一回到浦东，我重新看到笑吟吟的桃花，看到烂漫的油菜花，听到让人心领神会的浦东话，立马就觉得如鱼得水了。

开发开放之前，浦东是一个不受人待见的地方。民间有俗语：“宁要浦西一张床，不要浦东一间房。”在上海滑稽戏里，娶大娘子、吃三黄鸡的浦东人，常常被贴上憨厚、落后、木讷、保守的标签。而浦东方言，因迥异于市区的发音，常常会遭到嘲笑。一句“轰杜来霞啦”（意为风很大）似乎是浦东人的标志性方言，只要一说这句话，立马就会引来浦西人的哄然大笑，这让浦东人自觉矮了三分。

家住浦东，在当时，是一件令人自卑的事。

好在，大部分浦东人并不觉得与“上海”有多少关联。我们在桃花深处的大浦东安居乐业，自得其乐。父辈们安分地守着田园，春天播下种子，秋天收获果实，心甘情愿地把一生托付给土地。年少的我们，偶尔会憧憬繁华的都市，但“上海”太远，似乎与我们无关。

二

那时的我，只知道浦西对于浦东的优越感由来已久，浦东浦西的隔阂也由来已久，却不知道，80 年代的上海，城市发展缓慢，居民住房极度紧张，食品供应匮乏。浦西远没有想象中那样光鲜亮丽，普通百姓的生活条件比家住浦东的我们好不了多少。

当时的上海，正在迫切地等待着一场变革，等待着一个发展的机遇。

变革是自上而下的，但远在市郊农村的浦东人对决策层关于开发开放浦东的决定并不关心。对于未来，我们缺乏足够的想象能力，虽然也有梦想，但梦想的翅膀只敢贴着地面飞行。

1989 年，我考入佘山脚下的一所高等学校，从上海的东部，穿过市区，来到了上海的西部。从家到学校，单程就要六七个小时，多种交通工具轮番换乘，每一次往返都是在漫长的等候中考验耐心，在一路站立中考验体力。

那时的我，正在以梦为马的青春期，丝毫不以长途跋涉为苦，甚至不需要用“劳其筋骨，苦其心志”那样的话来激励自己，途中常有未知的偶遇，会让路程变得兴味盎然。一次次往返，从市中心穿过，渐渐熟悉了城市的斑马线，熟悉了城市的叫卖声，路边小店的鸭血汤和生煎包轻易地笼络了我，解除了我对城市最初的戒备和敌意。

但我始终无法喜欢轮渡，始终无法愉快地过江。气势汹汹的汽笛，黑而臭的江水，码头上漫长的等候，蜂拥前行的过江人流，常常让我与城市刚刚建立的亲密关系土崩瓦解。在焦虑的等待中，我一次次期盼着越江大桥的出现。某次雨后，过江时看到天上悬挂着一道彩虹，我突发奇想：如果能够沿着这个七彩的桥，从浦西滑到浦东，该有多好！

盼望着，盼望着，黄浦江上真的就有了桥。1991 年 12 月 1 日，一座双塔双索面迭合梁斜拉桥飞架浦江两岸，它有一个响亮的名字——南浦大桥。多少市民奔走相告，以迎接头生子般的骄傲和喜悦，跑到董家渡仰望大桥。

一直记得那次跟同学专程跑去看大桥的经历。那时，上南浦大桥桥面观光需要买票，而且票价不菲。我和几个同学纠结了半天，终于还是咬咬牙买了票。直达电梯“倏”地一下，就将我们送上了50多米高的桥面。

走出电梯仰望，大桥主塔高耸入云，塔上“南浦大桥”四个大字闪闪发亮。桥塔两侧的钢索呈扇形分布，像一根根琴弦，接受着云和风的拨弄。站在桥上远眺，看到黄浦江上船来船往，百舸争流；看到长长的引桥呈螺旋形向上攀升，大桥宛如一条昂首盘旋的巨龙，横卧在黄浦江上；看到浦西密集而陈旧的建筑群，诉说着曾经的繁华和沧桑；看到浦东大片秋收过的农田，心满意足地袒露着，等待来年新一轮的播种。

江风浩荡，吹乱了我们的头发，也吹起了少年人的满腹豪情。一个男同学双手扶着栏杆，忽然大声吟道：“潮平两岸阔，风正一帆悬。”逗得我们开心大笑。

站在桥上，看着大桥一手挽起了浦东，一手挽起了浦西，突然觉得两岸间的隔阂消失了。从那天起，我心里对上海这座城市有了认同和亲近，第一次意识到，上海，也是浦东人的上海。

有了桥梁，就有了联结的媒介，有了沟通的渠道。

之后，黄浦江上的大桥越建越多，杨浦大桥、卢浦大桥、徐浦大桥、奉浦大桥依次排开，再加上越江隧道的建造成功，两岸之间的通行越来越便捷，浦东浦西早已连为一体，时至今日，再也无人认为家住浦东低人一等。

三

1995 年 1 月，随着儿子的出生，我们结束了居无定所的状态，搬到浦东张杨路居住。那里属于陆家嘴沿江地区，是最先吹响开发开放浦东号角的地方，也是浦东改革开放的春风最先眷顾的地方。

家住浦东，我们零距离感知着浦东新区开发开放初期蓬勃的生命力，耳闻目睹浦东的建设者们以胆识和气魄谱写着城市的传奇，欣喜地看着儿子与崭新的浦东新区一起成长。我们在浦东前后居住了 15 年。15 年弹指一挥间，儿子从襁褓里的婴儿长成了翩翩少年，浦东新区从尘土飞扬的大工地变成洁净优美、高度发达的现代化城区。

1995 年的浦东，到处是建筑工地，到处是挖开的道路，到处是机器的轰鸣。有时到了深夜，还会有打桩的声音从远处传来，划破夜的宁静。

初为人母的我，手忙脚乱地应付着新生的儿子，无暇关心那些轰隆作响、日夜施工的工地到底在建造什么。常常会在不经意间蓦然发现，很多建筑工地，前一天还被临时围墙包得严严实实，第二天突然就拆除了围墙，一幢摆满鲜花的新大楼俏生生地耸立在眼前。浦东的激情，浦东的速度，催促着一幢幢摩天大楼拔地而起，城市面貌日新月异，处处生机勃勃，处处欣欣向荣。没有几年工夫，陆家嘴地区就建起了一个全世界瞩目的国际金融贸易中心，很多世界知名的大财团纷纷来此落户，数以亿万计的财富在此汇集，撬动着浦东开发飞速发展的车轮。

1995 年 6 月，儿子 5 个月大的时候，我带他去看启用不久的东方明珠电视塔。指着那大大小小的圆球，我一遍遍地告诉儿子“这是东方明珠”。儿子瞪着漆黑的大眼睛，似懂非懂地看着这个新奇的建筑，兴奋又好奇。此后，东方明珠作为上海新一代的地标，频繁地出现在报刊上。对东方明珠的辨识成了儿子牙牙学语时的重要科目，每见“明珠”，儿子都会眼睛一亮，小手一指，奶声奶气地念“东方明珠”。

1995 年 12 月，离我家不到 100 米的地方，中日合资的上海八佰伴开张营业。开业第一天，八佰伴人山人海，以 107 万人的当日客流量创造了世界纪录。极度的喧嚣过后，八佰伴渐渐安静下来，宽敞明亮的店堂、时尚现代的布置、品质不凡的商品使逛商场成为有别于以往“买东西”的休闲享受。

儿子那时刚满 11 个月，正在蹒跚学步，还不会独立行走，但小小的人儿主意很大，喜欢攥着大人的手指头，拉着大人走到东走到西。去过一次八佰伴后，他就爱上了那个地方，隔三岔五就要指挥着大人带他前去。八佰伴开阔的店堂，光滑如镜的地砖，常常会激发他独立行走的兴致。他会突然甩开大人的手，要自己一个人走，无奈心力充足敌不过脚下无力，加上尚未掌握平衡技巧，常常摇摇晃晃没走几步，就一个趔趄摔倒在地。猝然倒地后，他不哭不闹，只是扁扁小嘴，好像对自己为何摔倒略有些纳闷，然后爬起来继续走。

1999 年，儿子 4 岁时，中国大陆第一高楼——金茂大厦在陆家嘴落成，主楼 88 层、高度 420.5 米，这在当时是一个让人瞠目结舌的高度。

金茂大厦这个大陆第一高楼的记录仅保持了 4 年，2003 年，就被 492 米高的上海环球金融中心夺去了第一。2016 年 3 月，大楼的高度又被总高 632 米的上海中心大厦超越。没有最高，只有更高。那些不断刷新的高度，是建设者们面向天空一次次挑战极限创造的奇迹。

这三幢大楼比邻而居，像三个亲密的兄弟，矗立在陆家嘴，成了上海的地标性建筑，吸引着全世界的目光。因其形似注射器、开瓶器和打蛋器，南来北往的游客亲切地把它们称为“厨房三件套”。

新建的大楼一幢比一幢高，城市在长高，儿子也在一年年长高。城里没有山，高楼就是我们的山。登高，征服不了天，但可以与天空对话；望远，无法穷尽的远方，让人感到自己的渺小。我带着儿子一次次登上不断更迭的城市之巅，从高处俯瞰城市，看白云在玻璃窗前悠然飘过，看黄浦江蜿蜒东去，看高楼大厦春笋般林立，看街上行人熙熙攘攘。对岸，古老的外滩在一湾江水的环抱中仪态万方，那是上海的过去。脚下，蓝色的玻璃幕墙映照着阳光，一切都是崭新的，一切都是亮闪闪的，一切都是刚刚开始，一切都充满了希望，这是上海的今天和未来。

我在浦东生活的10多年间，浦东发生了翻天覆地的变化，很多大事件都已载入史册，很多建设者也成为彪炳千秋的功臣。家住浦东，能够亲历一段轰轰烈烈的历史，见证一座城市的大发展，并因城市的发展而获益，何其自豪，又何其有幸！

四

2010年，上海世博会开幕前夕，我离开生活了15年的浦东，搬到静安区居住。新家距静安寺很近，站在窗前，看得见静安寺金色的屋顶。

有人告诉我，把一张上海地图对折再对折，最中心的那个点，就是静安寺。我没有亲手折地图验证过，但我知道，我从浦东的海边，一路走来，不知不觉，就走到了城市的中心。30年前，这可能还有些励志的意义，时至今日，浦东以她的大发展告诉世人，市中心并不一定优于浦东，不必志得意满，也不必沾沾自喜。

我常常会沿着记忆的轨道，想起家住浦东的岁月，怀念那些尘土飞扬的工地，怀念那个简陋而温暖的小家。

有时，我会跑到外滩，望着对岸的陆家嘴发呆。2014年初夏，我在外滩执勤时，突然眼睛充血，灼痛难当。同事分析说，也许是对岸的大楼都是玻璃幕墙，阳光反射，导致眼睛毛细血管爆裂。只有我自己知道，导致眼疾的病因，是对岸总让我看不够。看不够的还有黄浦江，40年前，谁会想到，经过治理后的黄浦江可以清得照见建筑的倒影。

我也会经常乘坐地铁，从浦西回到浦东，跟父母团聚。

这些年，老家南汇发生了翻天覆地的变化。2002 年，南汇撤县建区。2009 年 5 月，撤销南汇区建制，将原南汇区行政区域划入浦东新区。2010 年，老家的房子动迁，我的父母离开祖祖辈辈休养生息的土地，搬迁到原来的区政府所在地惠南镇生活。

刚刚搬到城里时，父母很不适应。老妈千方百计去附近搜寻空地，想方设法种上几株青菜、栽上几把小葱。老爸几乎天天都要乘着公交车回到老家附近，找那些没有动迁的乡邻一起打牌、闲聊。

渐渐地，父母体会到了城市带来的便利，喜欢上了安逸的城市生活，便也安安心心做起了城里人。他们像移植到城里的植物，适应了新的环境，慢慢地扎下根来。闲聊时，老妈对我说："你外公外婆这一辈人，一世劳苦，没有见过外面的世界，没有享过福。我们这一辈，上半辈子做农民辛苦劳碌，下半辈子时来运转，有养老金，有医疗保障，也该知足了。"

2013 年底，上海地铁 16 号线正式开通，地铁惠南站距离父母家仅有 400 多米。30 多年前，我从海边的老家"到上海去"，需要大半天的时间，如今，只要一个多小时，我就能从城市的中心到达父母身边，便捷的交通缩短了亲情的距离。

一直觉得惠南站是最美的地铁车站。整座车站以紫色为底，四四方方的柱子上缀满了大朵的桃花，花枝明丽，色彩饱满。老家南汇是远近闻名的"桃花源"，每年春天都会举行盛大的桃花节。"以花为媒"曾经为南汇的发展打开通道，为南汇的经济插上腾飞的翅膀。

每次下了地铁，走进这座紫色的车站，都会有暖流在心头涌动，因为这座车站联结的是我至爱的双亲。

每年春天，桃花盛开的季节，我和妹妹都会开着车，陪老爸老妈回到我们曾经生活过的地方，去踏踏青，看看桃花，看看东海。

老家的房子被拆除后，起初还能看得见原址的痕迹，后来，老房子的痕迹被一点一点地抹去。再后来，整个动迁过的村庄经过了土地平整，成了现代化的农业基地。

故地重游，看到的只有大片大片的农田，一眼望不到边。我们生活过的土地上，青青的禾苗正在无忧无虑地生长。

老家回不去了，过去的生活已无从寻觅，曾经散落在村庄里的欢声笑语也被风吹远了。父亲弯腰拔起一棵禾苗，久久不说话，不知道想起了什么。

每次回去，父母都神情黯然，颇为失落，但他们的惆怅常常稍纵即逝。毕竟，现在的生活，是他们40年前想都没有想过的。

经过这40年的沧桑巨变，他们看见了沧海变良田、乡村变城市，看见了农民成市民、田园成公园，看见了无数的奇迹在身边实现。他们相信，未来还会有无限的可能，未来会越来越好。

生活在别处

生活在别处，突然发现自己像一株被连根拔起的植物，平时结结实实保护着你的泥土在一夜之间消失了，你原来可以任意伸展的触须现在不知道伸向哪里。原来的你，身边的泥土是紧实的；而现在的你，身边的泥土是松散的，是若即若离的。你忽然理解了“踏实”这个词真正的含义。生活在你自己熟悉的环境里，你是踏实的；和你熟悉的人在一起，你是踏实的；听着你熟悉的语言，你是踏实的；以你熟悉的方式做你熟悉的事，你是踏实的。现在，你失去了自己的领地，无处依傍，无处借力，陌生的空气让你不畅，陌生的阳光让你目眩，陌生的语言让你茫然。

生活在别处，孤独感是疯长的野草，在漫无边际的夜里恣意地生长，它们夺走了你心灵的养分，夺走了你希望做成某件事的兴致，夺走了你的快乐和喜悦。你是那么需要一个可以说话的人，一个可以聊天的人，甚至是一个可以吵架的人。常常一觉醒来，不知道自己身处何地，为什么会在这里，然后长叹一声，让自己清醒过来，做自己应该做的事。

生活在别处，你发现原本随时可以触碰的家人距离那么遥远，于是你发现自己是那么需要爱，也那么需要被爱，那些至爱的亲人们，现在只是在电话的那一头，担心着你，牵挂着你，盼望着你，于是，你的心也常常顺着那一根电话线，倏地溜了回去，在想象的天伦里得到慰藉。

生活在别处，你原来可以随便指使的那个人不在了，你原来可以不开心时拿来出气的那个人不在了，你原来可以随便袒露的真性情不可以随便呈现了，于是你紧紧包裹着自己，脸上随时挂着一副微笑。微笑是武装，是铠甲，可以抵挡来源不明的流弹；微笑也是伪装，是迷彩服，时刻把自己装扮成一个和气的、通融的、友善的、有用的人。你是那么愿意别人把你当朋友，接近你；把你当老师，请教你；把你当行家，尊重你。

生活在别处，你好像自觉自愿地代表了你原来所在的城市，你忽然明白了林黛玉刚进贾府时的心情，一言一行都要十分地小心谨慎，你唯恐别人因为你的言行不当而迁怒于你的城市。你很怕听到"某地的人真讨厌"，如果真是那样，你会为你的城市、你的家乡喊冤，真的，你的家乡何辜，你的父老乡亲何辜？如果有幸，这里的人很纯朴，很友善，对你的家乡很有好感，他们因此爱屋及乌，对你特别友好，你就会暗叫"还好还好"，悄悄松口气，心里告诫自己好好努力，不要把家乡的好名声坏在自己的手里。其实，你的家乡那么大，往外走的人那么多，去过那里的人又那么多，名声的好坏哪里由得了你？

在别处生活，慢慢地，你就会感觉到生活在别处的好处。你会发现潜藏在身体里的另一个自己，那一部分自己原来一直沉睡着，也许会沉睡一辈子。现在，在一个新的环境里，你发现那一部分自己睁开眼睛醒来了。于是，你发现原来自己还是那么年轻，那么能干，浑身充满了活力和干劲，可以创造性地做成很多事情。于是，你会以一种积极向上的姿态欣喜地迎接每一天的到来，欣喜地看到自己每一天的变化。

在别处生活，慢慢地，你就会感觉到生活在别处的欢喜。你会发现，原来在这里，也生活着一群友好的人。他们与你素昧平生，本来也许一辈子也不会遇到，但现在，你有缘与他们结识，与他们成为新的同事、新的朋友，他们真诚地对你微笑，不求回报地帮助你解决生活上、工作上的困难。他们收起了他们的方言，翘起舌头，用你听得懂的第三种语言，费力地表达他们的善意。于是，温暖慢慢地弥漫开来，把你重重包围，你发现，原来你的孤单你的无助，其实只是你的无病呻吟。于是，你惭愧，因为别人对你的好，你终将无以为报。

在别处生活，慢慢地，你就会感觉到生活在别处的乐趣。因为有你在这里，你的亲人、你的同事、你的朋友就会争先恐后地赶过来，过来赏玩这个城市的美景，品尝这个城市的美食，并且把友情、关爱、思念一并铺天盖地带过来。于是，你明白自己原来不是一个孤单的人，而是一个被需要的人。因为有你在这里，你的亲人、你的同事、你的朋友有了与这个城市亲近的理由，大家都会不自觉地关心这个城市的天气预报，关心这个城市发生的大大小小的事情，于是这个原来隔阂的城市名会成为一个我们亲爱的地名，让我们一辈子难忘。

在别处生活，慢慢地，你就会感觉到生活在别处的兴致。很多不开心的往事都被你打好包，搁置在了你原来的城市，你轻轻松松，做一个全新的自己。你带着新鲜的眼睛和耳朵，穿过一片陌生的方言，穿过一个个陌生的街景，不用急急忙忙地赶向另一个目的地，也不会因为过于熟悉而熟视无睹。于是，你会惊喜地发现，有了很多全新的体验，你原来关得紧紧的心就会在这悠闲里慢慢松开，你开始期待邂逅一段友情，或者一段浪漫的感情，彼此可以不问前因后果，可以随时全身而退，随时消失在这个暂时寄居的城市。在陌生里，你感受到了一种别样的安全。

在别处生活，慢慢地，你熟悉了这个环境，熟悉了这个城市的人和景。于是，你发现，你就像一棵被移植过的植物，滋养着你的泥土已在不知不觉中变得越来越结实，你的心啊，也会越来越踏实。你发现，其实这个“别处”已经与你的成长、你的喜怒哀乐骨肉相连。很多年后，你想起这座城市，你会把它当成另一个故乡。

跟着一朵雪花去北京

整个冬天，我几乎都在盼一场雪。

北方大雪，南方大雪，朋友圈欢天喜地。

唯独北京没有雪。朋友圈盛传一张照片，大公鸡似的中国地图，全身覆盖着松软的雪，只有打着五角星的首都北京，干燥，洁净，没有一片雪花。

北京的朋友坐不住了："雪呢？雪呢？"

雪不动声色。雪按兵不动。雪继续高冷。

像一个久久得不到回应的怨妇，雪让我寂寥而惆怅。罢了，有雪也罢，无雪也罢，我要回上海去过年了。上海有雪。

然而，上海并没有以一场盛大的雪迎接我。已经下过雪的上海，一副大功告成不求上进的模样，慵懒、疲惫、潮湿、阴冷，时不时地下场小雨，添几分人去城空的寒意。

这个冬天，我终将与雪错过了。我想。

一

我终于还是见到雪了，尽管是残雪，但足以慰藉我焦渴的心。

大年初七，我离开上海回北京。高铁一副公事公办的模样，面无表情地起步，加速，呼啸着冲向前方，似乎急于摆脱一个城市的羁绊。呼吸间，上海被远远地抛在了身后，春节被抛在了身后，旧的一年被抛在了身后。高铁的使命，就是带着我进入一个新的时空。

我的思绪在留恋与憧憬之间不断来回切换，我的视线跟随着列车快速奔跑，窗外的景致被快速切换。

蓦地，一道白色的光映入眼帘——雪！那是雪！

那是江苏的地界，雪应该是前几天下的，如今，只是将化未化的状态，在田间，在沟渠边，在树梢上，还残留着未化的积雪。但那些雪只是在尽力地保持着雪的最后状态，只待太阳一晒，它们就会化成雪水，消失不见了。

列车呼啸而过，残雪的影子被远远地抛在身后。辽阔的平原大地一望无际，再也看不见雪的踪影。我默默记诵陆龟蒙的一首题为《残雪》的诗，算是对邂逅残雪的纪念："桂冷微停素，峰干不遍岚。何溪背林处，犹覆定僧庵。"

二

到达北京，我站在久违的昆玉河边，像见到了小别的爱人。阳光出奇地好，天蓝得晶莹剔透，水晶一般。半个月前，离开北京的时候，河面冻得梆梆硬，分子之间仿佛结成了坚不可摧的联盟，如今，这个联盟已经有松动瓦解的迹象了。冰面的边缘开始变薄，有了齿痕，看得见冰面下急于涌动的河水。

春天，正在急匆匆地赶来。

我有一些诧异，又有一些惊喜。对于习惯了南方天气的人来讲，北京的季节总是有些不太按常理出牌。在南方，每一次降温和升温都会派雨作为先遣。一场春雨，添几分新绿，增几分暖意；一场秋雨，落几片黄叶，增几分寒意。而北京，像一篇不会断句的文章，不考虑起承转合，不考虑和缓过渡，从夏末，倏地一下子就进入了初冬。而如今，也并不考虑全国各地都在冬季，似乎急于进入春天。

我不无遗憾地想：这个冬天，将是一个与雪失之交臂的冬天。

三

到达北京的第二天早晨，我下楼，看到小区的大院子里，有一个两三岁的孩子，一边仰着头，捧起双手，一边奶声奶气地叫着："下雪了，下雪了！"六角形的雪花一片一片飘下来，清晰地落在孩子的掌心里，落在他天蓝色的羽绒服上。

雪花映在他乌黑的眼眸里，雪花让这个孩子单纯地惊讶着，快乐着，咯咯咯地笑着，满脸通红。

这个孩子如果出生在北京，那他应该还是第一次见到雪吧？

第一次，多么美好！颤颤巍巍的触碰，次第纷呈的喜悦，轻轻爆破的惊喜，都隐藏在无数个美妙的第一次里。

一条灰白色的狗，背上似乎堆着厚厚的雪，走近一看，却不是，只是更白些的毛色。停下来的时候，它抖了抖身体，几片雪花从皮毛间飞溅而来。它也是乐意遇见雪的。

最好看的是汽车玻璃上的雪。道旁长满了树，树影倒映在玻璃上，像梅枝，星星点点的雪，落在汽车玻璃上，像开在枝头的梅花。

我拍了一张汽车玻璃上的雪的照片发在朋友圈，不一会儿，就有朋友把这幅照片进行了制作，上面配着一句话：“愿远行人都看见最美的风景，愿归来者终等到最美的风景。”

雪飘飘洒洒地下着，落到地面仅仅停留几分钟，很快就融化了，但北京的雪，能下到这个规模，已经让我喜出望外了。

四

一上午都在忙着处理各种事务，等到快中午的时候，猛一抬头，哇，只见窗外已是白茫茫的一片琉璃世界了。

这可爱的雪精灵，趁我不注意，居然下得如此勤勉，两个多小时，就已经堆积起来厚厚的一层。

踩着厚厚的积雪，我走进公大校园。学校还没开学，校园里寂静极了。道旁的树和警车都被厚厚的雪覆盖着，只有大红的中国结，在白雪的掩映下格外鲜艳。操场、道路被雪完整地覆盖着，一个脚印都没有，像一个待拆的礼物，等着我去开封。

偌大的校园安静极了。我想象着，如果这时校园里有学生，那这会儿该有多么热闹啊，他们一定会像野兔子一样在雪地里狂奔、追逐、嬉闹，无羁的笑声会把快乐传递给雪，让她们不再像淑女一样矜持、安静，忍不住会从树上调皮地跳跃下来，她们一定也会不顾自己的形象是否完美，跟随着凌乱的脚步一路飞舞。

可惜，此刻，在这雪的世界里，只有我一个人。我一个人绕着操场走了一圈，一串脚印鲜明地嵌在雪地上，那是我一个人的脚印。

这个冬季，我奢侈地拥有了一个完整的琉璃世界。我的冬季因为一场盛大的雪而完整了。

代我去看看北海道

在东京留学的儿子在微信上跟我聊天，说他们有一个 9 天的假期，同学们计划去北海道游玩，他说他不想加重我的经济负担，他就不去了。

我赶紧打了一笔旅费给儿子，说，你去吧，代我去看看北海道。

儿子好奇地问，为什么？

是呀，为什么？为什么一听到北海道这个地名就如此激动？

因为，北海道是一个我认识了 30 多年的地名，那是我精神世界里亲爱的故乡，尽管从未去过，却始终温暖地镶嵌在我的成长历程中。去北海道看看，是我从小的愿望。

第一次知道北海道，是因为日本电视连续剧《排球女将》，北海道是剧中女主人公小鹿纯子的故乡。

童年时最爱看《排球女将》，每次听到激昂的主题歌，总会感到热血沸腾、血脉偾张。那时家中没有电视机，一到播放《排球女将》的日子，我就会带着妹妹们，早早地到邻居家蹭电视看。村里只有 3 户人家有电视机，但能否顺利地看到电视还得碰运气。有时候，到了一户有电视机的人家，主人会热情地搬来长凳，招呼邻居们坐下看电视。有时候，他们会因为这一天干活累了，想早点休息，或者这个月电费多了，或者他们家的家庭成员之间有些小矛盾，或者是出于其他各种各样的原因，就会跟我们这些小孩说："今晚我家不放电视。"然后我们就赶紧转场，去另外两家碰运气。如今听到"追剧"一词我总会哑然失笑，想起童年时带着妹妹们找电视看的场景，我们那时才是真正的"追剧"啊。几十集的《排球女将》就是这样一路追着，七拼八凑地看完的。因为看电视不容易，所以一旦有机会看到，都恨不得把每一句台词、每一个画面都深深地刻进脑子里，看完回家躺在床上，还会再三回味，默默地哼唱着完全听不懂的日文主题曲，渐渐进入与小鹿纯子同在的梦乡。无数个梦里，我梦见自己挥舞着拳头在练习"晴空霹雳"，梦见自己像小鹿纯子一样沿着海塘不停地奔跑。

小鹿纯子，那个圆圆眼睛的小鹿纯子，是我童年时的偶像，她坚毅、无畏、单纯、阳光，给我的童年时代带来了满满的正能量。很多次，我都把她看作我自己，把她的成长看作我自己的成长，把她的精神内化为对我自己的要求。是她，潜移默化地教会了我勇往直前、百折不挠；是她，以明媚的笑容教会了我乐观向上、刻苦拼搏；是她，引领我越过一个又一个人生的险滩，一步一步地向着目标前进。她是我精神世界里的一个标杆，给过我不可替代的激励。

电视剧里的北海道，与我东海之滨的故乡有着天壤之别，那里有刚劲的风，有冷酷的雪，有小鹿家需要常年辛勤劳作的农场，有小鹿纯子那外表一脸冰霜的父亲，有纯子患有眼疾的母亲不愉快的回忆，还有小鹿纯子很多童年的记忆。那是小鹿纯子成长的地方，是她向着参加奥运会目标进发的始发地，也是她在遇到困境时常常会回去汲取精神力量的地方。在追随小鹿纯子身影的日子里，我也跟着她一次又一次回到故乡北海道，跟着她一起感受刚劲的风、冷酷的雪，跟着她一起在故乡汲取重新整装出发的力量。北海道，一个神秘的日本农村地区，以一种隐喻和象征的方式，移植进了我的内心，成了我童年精神世界里的故乡。小时候，我常常会想，总有一天，我要去北海道。

现在，我暂时去不了，就请亲爱的儿子代我先去看看吧。我多么希望曾经给过我能量的北海道同样能让儿子得到精神的滋养。

儿子去了，晚上拍了几张照片发过来。街道整洁，人烟稀少，零星的酒馆，寂静的夜灯。

可是，这哪里是我的北海道啊？小鹿家的农场呢？呼啸的风呢？飘扬的雪呢？

儿子笑：那是30年前的电视剧，北海道哪能一直停留在那个时代不发展呀？就算是中国的农村，也不能一直一成不变地等着你。北海道现在是著名的旅游胜地，出产著名的“白色恋人”，下次给你带点回来。现在还没到冬季，冬天也会刮风下大雪，雪很厚，很冷。

儿子显然对北海道没什么感情。他说，后天要去湘南地区，樱木花道的中学就在那里。湘南？一个隔阂的地名，我不知道湘南对于儿子的意义，就如同儿子不知道北海道对于我的意义。

那天，我怅然若失，仿佛弄丢了自己的故乡。我躺在床上辗转反侧，一遍一遍回忆小鹿纯子，回忆小鹿纯子的“晴空霹雳”，终于，在蒙眬中，我跟随着小鹿纯子，再一次回到了我们的故乡——北海道。

舌尖上的崇明

如果要用一个词来形容崇明的食物，我选择“诚恳”。

是的，崇明的食物当得起这个词。

崇明的食物好吃，不是因为品种有多珍贵，而是因为在这片土地上，阳光、雨露、空气、土壤都极其坦诚，对每一株植物都给予了毫无保留的关照。所以，这里的每一株植物，都按照它应有的品质极富诚意地生长。每一款食材，呈现的都是极其完整的食物的味道。

最爱的一道崇明蔬菜是青茄子炒毛豆。在新毛豆刚刚上市的季节去崇明，无论是去崇明人家里做客，还是去岛上旅游，好客的崇明人一定会端上这道菜。毛豆子绿如翡翠，一颗颗闪着晶莹的光，诱惑着你，又让你不忍下箸。去了皮的青茄子切成丝，炒熟了，就毫无原则地软了下来，极其温柔地拥抱着毛豆。它似乎极爱毛豆，因为“爱”，所以宁可没有了自己的形状，只一心一意地烘托着毛豆，陪衬着毛豆，包容着毛豆。这种爱，比情人之爱更纯粹，更无私，堪比父母之爱。崇明人喜欢在这道菜里放上几颗半大的虾干，于是，粉红色的虾干在青翠的茄子和毛豆之间若隐若现，它的鲜美也就在茄子和毛豆各自的鲜美之间若隐若现。虾干不能太多，多了喧宾夺主，也不能太少，少了风味略逊。吃这道菜最好的方法是用勺子舀起一勺，搁在米饭上，待汤汁略略把米粒浸润了，就可以把米饭和着菜一起吃。

那是怎样的一种味觉享受啊！瞬时间，一种极其美妙的感觉会在舌尖上飞舞，“鲜”“香”“糯”“软”，那种原材料中固有的好品质次第纷呈，亲切地抚慰着你的舌尖、你的味蕾、你的喉咙、你的食道和你的胃，从来没有过的舒服、周道和熨帖，就像一个极其淳朴的崇明女人，事事细心地照顾你，让你身心舒坦。她对你好，不是因为她懂得待客的技巧，而是出于她本真的赤诚之心，诚恳而自然。在她的内心深处，就是毫无目的地希望你开心，希望你快乐；她对你的好，毫无保留，毫无机心，心甘情愿，掏心掏肺。

这样一道家常菜，你会常常想念它，并且在回味中一遍遍地被它感动到想流泪。

这样的菜，当然也只有崇明本地的大米能配得上它。崇明岛上品质上佳的大米种类不少，我最爱的还是“瀛丰五斗”。没有考证过这个名字的出处，只是觉得听来古雅，配得上这样一款好米。有一年，我陪一位著名作家去崇明采访，中午在县公安局食堂就餐，老作家对大米饭赞不绝口，连说：“好吃，好吃，没有菜我都能吃得下三碗米饭。”

那天早上，我把大米和了水，煮粥。煮沸的时候，一股浓郁的米香在厨房里弥漫开来。在氤氲的水汽里，我仿佛回到了小时候。新米刚刚收获的季节，一清早，我都会在大米的清香里醒来。母亲早早地烧好了粥，算好了时间，一碗碗盛好，凉在桌上，待我们吃时正好是最合适的温度。那粥，表面凝成了一层薄薄的膜，泛着绿莹莹的光；那米粒，一颗颗那样晶莹，那样饱满，充满了大米的芬芳。这是童年时新米的芳香，一种久违的味道，很多年都不曾闻到过。

时光流转，第一次，儿子居然也会在米香里醒来，他过来问：“妈，你煮什么东西呢，这么香？”

是啊，真的很香。一种完整的粮食之香，一种满含着阳光的芬芳，一种特定的土地上长出来的极其诚恳的米香。闻着香，吃着，更是齿颊留香。像我儿子这样的孩子，从小被各类重口味包围着，其实是很难真正体会到大米的自然之香的。能够让他闻香而起，“瀛丰五斗”不能不说是一个奇迹啦。

于是隔三岔五地，我都会早早地起来煮粥，好让我亲爱的家人能够在米香中醒来。这样清香的早晨，是愉悦的，安宁的；这样丰盈的早晨，也是让人期盼的。

又见临海涌泉橘

算起来，已经有 10 多年了。那时候，我在一个年鉴编辑部工作，那些参加编写年鉴的老人们都还健在，也还都有足够的体力爬一段古长城。

我们爬的是浙江临海的古长城。那段古长城东起揽胜门，沿北固山山脊迤逦至烟霞阁，于山岩陡峭间直抵东岸，延伸至巾山西麓，依山就势，俯视大江，尤以北部最峻。

爬古长城的过程是兴味盎然的，但全程 5000 米走完，下了古长城之后，明显感觉有些口干舌燥了。一时没有找到卖饮用水的小店，正在焦渴间，蓦然看到路旁有一辆农民推的板车，车上堆满黄澄澄的橘子，小小的个头，鲜艳的果色，宝石一样闪着光，引诱着人舌间生津。

我当时兼着编辑部的内勤，每次出门都是由我负责整个旅行团的开销，于是我付了钱，买了 5 斤橘子，给大家解渴。

各人拿了橘子剥开，尝了一下，个个眉间耸动，连连称好。要知道，这些年鉴老人都是上海老克勒（上海方言，指生活经验丰富、有品位的年长者），有着极其敏感的味蕾和丰富的体验，一谈到吃，都能讲出许多道道来，能够让他们喜出望外一致叫好，着实不易。

我于是对这临海古长城下的橘子刮目相看，细细地端详起来。只见这橘子皮和果肉是紧紧贴合着的，却又不似橙，皮与果肉之间完全没有缝隙。细细地剥开皮，里面的果肉一瓣一瓣，挤挤挨挨地排列着，就像一班幼儿园小朋友，排排坐，守纪律。它们似乎极娇弱，婴儿一样水分充盈，手稍微重一些，就破了橘瓣上的那层薄膜，沾得一手汁水。

尝一口，那种鲜甜之前未曾尝到过，之后也没有哪种水果相类。那种甜，清冽，爽口，不腻，有泉的清气，有瀑的冲击，只一口，就直抵心田，所有的干和渴都得到了超出预期的抚慰。当时上海市场上的橘子，大都来自市郊长兴岛，那些橘子似乎更像橘子，肉质要粗犷些，味道也酸甚于甜。而临海古长城下的橘子简直是橘子界的天使，水果界的异类。

大家围着卖橘子的农民，打听这是什么品种的橘子。那农民大约60岁开外，黝黑的脸，友善的表情。他说，这橘子名叫涌泉橘，是临海当地特有的橘子品种。我从闲谈中得知，这小小一枚橘子，看似貌不惊人，却是大有来历。临海市下面有个涌泉镇，是一个千年古镇，三国时期就开始种柑橘，隋唐之前曾将柑橘作为贡品。涌泉橘因为皮薄果嫩，素有“临海蜜橘，吃果带皮”的美誉。他是涌泉镇的农民，这橘子就是他亲手所种。说来奇怪，这橘子也就是当地才有，移植到其他地方就变了味道，肉质立马变得粗糙起来。

一边品尝着这有来历的橘子，一边听着有意思的故事，大家围着板车买橘子，你10斤，我10斤，很快就把车上的几十斤橘子一抢而空。

回去的路上，整个旅行车里都是鲜甜的橘子清香。之后，连着好几天，大家的话题都是有关橘子的：有的说家里孙子孙女特别爱吃，自己回家再没尝过；有的说回家后落家人埋怨，为啥不多买些回去。于是，大家约定有时间要再去一次临海，去了就多背几筐涌泉橘回来。

从此，临海涌泉橘就成了我们心心念念的挂想，想着总有一天还会回到临海，再去时一定要结结实实买个够。

如此想着念着，一晃10多年过去了。临海之约始终未能成行，当年吃过橘子的那些年鉴老人，却在这10多年间走了几位，先是沉默敦厚的老谢，接着是严谨细致的老林，再后来是充满激情的老陈。我最初加入年鉴编辑部时，他们都像父亲一样，给过我无微不至的关心和温暖。虽然明知他们年事已高，与他们永诀只是早晚的事，但一想到从此与他们阴阳两隔，关于涌泉橘的约定只能来世再续，心里总是隐隐觉得歉疚。

今年在北京待了几个月，气候干燥，很想吃些南方的水果。那天在网上浏览，居然看到淘宝网上有临海涌泉橘销售，顿时眼前一亮，立马有了口舌生津的生理反应，于是急不可待下了订单，天天盼着橘子早点来。

橘子终于来了。那一箱涌泉橘，穿过10多年的时光来到我面前时，我险些落泪。当年板车上的橘子，没有外包装，模样就像村姑一样自然纯朴，如今的涌泉橘，经过妥妥的包装，在电商助力下，步步传递，终于把记忆中最美好的甘甜传递到我手中。10多年时光，人世间沧桑变换，但这涌泉橘的味道居然一点儿都没变。一样的鲜甜，一样的多汁。可是，当年一起吃橘子的那些老师们，你们都在哪里呢?

细数当年一起出行的年鉴老人，健在的已经没几个，此刻，多想再和他们一起吃橘子，重温当年的时光啊。

想到这里，我给那些健在的老人们每人下了一个订单，给他们一人买上10斤涌泉橘。

我想象着，那些涌泉蜜橘裹挟着江南古长城的气息，浩浩荡荡从临海出发，几经周转，终于到达他们面前时，他们会有怎样的惊喜。当他们用颤颤巍巍的手小心地剥开橘子，轻叩稀疏的牙齿，把鲜嫩的橘瓣吮出甜蜜的汁水时，他们一定也和我一样，回到了10多年前的江南古长城吧。

白雪掩映的记忆

印象里那是 21 世纪最大的一场雪。

那场雪从早上就开始纷纷扬扬地下，到了下午就已经积得很厚了。大雪让这个城市裹上了洁白的新装，一切都显得干净和纯洁。难得一见的大雪让孩子们兴奋不已，在雪地里堆起了雪人，打起了雪仗，玩得不亦乐乎。

我踏着雪回到家，本来也想着带儿子到雪地里玩，跨进家门，却发现家里的气氛不对。只见儿子哭丧着脸，低垂着头一声不吭，时不时地偷偷瞄一眼对面愤怒的父亲。他父亲余怒未消，铁青的脸冷若冰霜。

我问："怎么啦？"

原来是儿子把昨天刚配好的眼镜弄丢了。

什么？眼镜丢啦？那可是昨天刚刚配好的，第一天就丢啦？

儿子所在的小学课业压力非常大，儿子的眼睛早就开始近视了。他父亲说，给小孩子配眼镜可不能随随便便找一家眼镜店配，配得不好会对孩子的眼睛造成伤害。他一贯信任南京路上的一家眼镜店，说这家店验光准确，眼镜质量好。于是我们在一个休息日，特意带着儿子去了那家眼镜店，请经验丰富的验光师为他量身定做了一副眼镜。好的商店，好的服务，当然价钱也不菲，一副眼镜花了 1000 多元。那时我们两个人的收入加起来也就一个月 5000 多元，一副小孩的眼镜那么贵，让我觉得很心疼，但是为了孩子，我们就毫不犹豫地帮他配好了眼镜。

那天早上，他第一天戴着新眼镜去上学，我还特意关照他要好好珍惜，不要弄坏了。儿子睡眼惺忪地点点头，说，知道啦。

没想到，儿子还是口应心不应，就一天工夫，眼镜就没有了。

我当时也气得不行，但想想责备他也无济于事，还不如去学校里找找。

我出了家门，冒着凛冽的寒风，踏着咯吱作响的雪，来到了儿子的学校。到了学校门口，我跟门卫师傅说孩子东西丢了，我去操场找找看，师傅点点头。

此刻的操场空无一人，宽阔而寂寥，但可以想见白天孩子们在操场上奔跑的情景。这是一块破坏严重的雪地，到处都是脚印和泥泞。雪在勤快地下着，试图盖上白天被孩子们玩得残缺不全的雪地。

我定下心来，像一个细心的侦探，分析了孩子可能丢失眼镜的地方，觉得最大的可能就是在奔跑时掉在了某处。我俯下身子，循着操场找了一遍又一遍，寻找着一切容易被疏忽的蛛丝马迹。在这个被破坏得非常严重的现场，时不时冒出一件“战利品”，让我小小地惊喜一下。统计如下：三条红领巾，一个铅笔盒，一本牛津英语课本，一只手套，一个转笔刀……那一天的收获可谓十分丰厚，但是找了半天，就是没有儿子的眼镜。

天渐渐黑了，但是我不死心，借着白雪反射出来的光，循着操场找了一圈又一圈。

终于，在一棵树下，那副眼镜好好地躺在那里，我惊喜地捡起来，检查了一遍，居然完好无损。它像一个调皮的孩子，在跟我说，你怎么到现在才找到我呀？

我激动极了，把失而复得的眼镜紧紧地攥在手心里，似乎怕它再一次失去。漫天的雪飞舞着，盘旋着，萦绕着我，似乎在为我庆贺。腰弯得太久，隐隐有些酸痛，我直起腰来，仰面迎接着雪花的庆祝。那是一场多么盛大又多么温暖的雪啊，我一个人站地雪地里，静默着，聆听着雪花飞舞时的歌唱。

那一天，我分明地感觉到，一个场所是有记忆的，它像一个巨大的磁盘，可以把它不想遗忘的东西明确地刻录下来，准确地告诉它想告诉的人。那一天，孩子们的欢笑声一直在我耳边响着。

那一天，我分明地感觉到，所谓遗失其实只是表象而已，你以为有些东西它永远地从你的生命中消失了，永远与你无缘了，但其实只是你没有用心去续与它之间的缘，只要你的心到了，那样东西其实还在原地好好地等着你。

我把在操场上捡到的其他“战利品”交给了门卫室的老伯，然后快步往家赶。

雪还在纷纷扬扬地下着，透过密密的雪织成的帘子，我远远地看到家里的灯亮着。我迈着大步往家走，那一刻，我感觉自己是一个凯旋而归的战士，是一个凭借着不屈不挠的意志力让一件失物失而复得的勇士，是一个细致而勤俭的妈妈。那一刻，我看到黄昏的雪景是那样辉煌又是那样温暖。

回到家里一看，儿子已经吃过饭了，正在做功课，但明显情绪低落，心不在焉的样子。

我悄悄地把眼镜往他父亲的手里一塞。他父亲看到失而复得的眼镜，一副不可思议的表情。

他掩饰着自己的喜悦，板着脸走到儿子跟前，说：“你知道自己错了吗？你说爸爸妈妈省吃俭用给你配一副眼镜容易吗？”说着说着，突然忍不住扑哧一笑，把眼镜推到儿子跟前。

儿子蓦然见到眼镜，愣了一下，继而狂喜不已，跳了起来。

那一天，我们一家人都笑得开心极了。

印象里，那是21世纪最大的一场雪，每每想起那场雪，我总是感到很温暖。

后来……

后来再没有那样的雪，家也不是原来的家……

第三辑　流水是古镇的书签

流水是古镇的书签

古镇，像一本有些年头的线装书籍，页面泛黄，就连里面的文字也是古旧的意味。这古旧是素朴的，就如在时间的旅途中行走的一位旅者，风尘仆仆，竹杖芒鞋，走过一山又一水，走过一村又一庄，累了，便枯坐在江南的烟雨时光里，或者是一方屋檐下，或者是一株遒劲的老树旁，目光深沉，缕缕神思飘向远方。

远方在哪里？走进宁静安详的街巷，远方，就在此地。有时远方并不遥远，远方是生活，是穿越这千年的月光和烟雨旧时的人家。脚步声橐橐，叩击一块块远年的鹅卵石，声音显得有些幽谧。你想，是不是那时候的人也是这样，草履布衣，一闪身从鹅卵石砌就的房子里走出，去田野，去祠堂，或是去山那边的友人家，不说话，只在一方窄窄的木窗下，对坐饮茶，目光迷离，等待黄昏降临。

扉页，不需要太过烦琐，一本书打开，作者并不重要，作者是隐身在光阴背后的人，安静端庄的书写，或许只是为了成就一本书的样子，在摇曳的灯光下装订之后，失去了书写的欲望，那书也就成了一本无字之书。

没有人诘问，在面对苍莽的时间之书时，阅读是一种心境，也是一种无言的交流。那些脚穿芒鞋的人走了，那些飘摇的炊烟远去，或许还有一路嘀嘀嗒嗒的唢呐，把古镇里的女儿颤颤悠悠嫁到了远方。

这时水来了，水是古镇的精灵。始建于宋末，兴盛于明清，前童古镇以古建筑保存完整而闻名于世。童姓先祖按照八卦原理，把溪水引进村庄，构建成“水八卦”。水是白溪水，属钱塘江水系，东阳江支流，河流向南过西恒至白溪，缘渠流进古镇。还有梁皇溪，从梁皇山东南麓顺势而下，流经前童，而后迂回到竹林村，与白溪交汇。前童就处在这两条支流的交汇处，白溪里的水，梁皇溪里的水，如同交响乐里的小提琴和大提琴，一个舒缓，一个低沉，组构成古镇的血脉与魂魄。

在前童古镇看流水，可以听到时光走动的声音。那些古灵精怪的水，从某个时间的缝隙里流出，急急忙忙地向前奔流，行军一般，似乎肩负着某种使命，去赴一场时光之约。它们匆匆走过了千年，步履依然轻捷。古镇老了，流水一直年轻着。

沟边的水草，伸出多情的手臂，试图挽留流水。流水是奔赴远方的战士，无意与水草纠缠，轻轻拨开水草攀缘的手，绝情而去。水走了很久，水草还停留在原处，手朝着流水远去的方向伸得很长很长。

水中有鱼，穿着艳丽的节日盛装，在水中漫舞。它们从不甘于随波逐流，顺流而下，总是逆着流水的方向，很努力地往上流的方向游去。流水一次次冲击着它们的努力，但它们不肯妥协，在与流水的抗衡中，寻找着自己合适的位置。它们有时两个一起，有时三个一组，欢腾着，啄食着，舞蹈着。偶尔有伙伴觅得了可口的食物，或是新奇的玩意，就会呼朋引伴，喊着来呀来呀，于是就五六条、七八条凑在一起，嘈嘈切切地讨论着，欢欢喜喜地分享着。有顽童走过，丢进一块石子，惊散了鱼儿们的小聚会，它们迅速收拢起红色的裙裾，尾巴一紧，慌慌张张地游走了。没过多久，它们又在别处聚在了一起。

水流经的地方，有生气，有人家。有人在水渠边洗衣，咚咚的捣衣声传出很远，村落按照“回”字形九宫八卦式布局修建，据说当年的祖先把白溪水引进村庄，让水流经过每一户人家，一是方便生活取水，可以在溪水中洗菜洗衣，家家流水小桥，户户鹅卵石街巷相通，就构成了一座迷宫般的远年村落。试一下水温，清冽的凉意通过指尖传递，四肢百骸竟有通透之感，或许，这清冽冽的水流就是古镇冷静的诗意——流过宋时清词，流过明时月光，汩汩流进今日的思绪。

一座村落的形成，有其现实意义上的作用与价值：人就有了温暖与素朴的家，大地上就有了生动的炊烟，远归的人就有了思念的坐标。所以，在这样一本古旧的书籍里，不能忽略人的面孔。

人是精神所倚，村落是传承的纸页。

《童贤母传》是我们熟悉的一篇古文，大体讲述了童处士释卿母亲罗氏的生平，对公婆的孝顺，对子女的劝诫和教育，以及对乡邻的关爱与关心，塑造出一个典型的孝妇、贤母形象。水，依旧是水，母性的村庄从来不缺少水的关照，而水的价值就在于默默流过滋润风土大地。抛却教化的意义，方孝孺在写下这样一篇充满溢美之词的文章时，脑海中一定出现了有关母亲的记忆，有关流水的过往。

在距离前童古镇五里地的石镜山麓，有一处石镜精舍，方孝孺先生在《石镜精舍记》中写道：“邑士童君伯礼，既以礼葬其父于舍南之石镜山，与三弟谋合资产，其斧鬻以食，取古礼之义，于士庶人者以次行之。复恐后之人未能尽知其意而守之弗变，乃即石镜之阳为精舍，聚六经群书数百千卷，俾子侄讲习其中，求治心修身之道，以保其家以事其先而不怠，且属予记其说以告来者。”这边是传承的意义，诗书传家，修身治齐，身边是幽静的山林，山林中是先人的墓庐，朗朗的读书声传来，虽稚嫩，却秉承了族脉的思想与风骨。

可以遥想当年的时光，归家的孩童散学之后走在青草葳蕤的乡野小路上，“村南村北梧桐角，山后山前白菜花”，万物萌动的春日到来，田野里，村落边，笼罩着一种勃发的春意和生动。

方孝孺先生是一时名噪天下的大先生，浙江宁海人，曾拜大儒宋濂为师，明惠帝即位，先后出任翰林侍讲及翰林学士，燕王朱棣誓师“靖难”，挥军南下京师。惠帝亦派兵北伐，当时讨伐燕王的诏书檄文都出自方孝孺之手。后燕王进京后，文武百官多见风转舵，投降燕王。方孝孺拒不投降，结果被捕下狱。时“外族问鼎所带来的诗文荒废，立志收聚六经群书，用来课教子弟，重启文明《石镜精舍》。”也难怪生活于元明变革时期的童氏后人童伯礼不惜耗费钱力物力把方孝孺请了过来，教育后人。

而今，方孝孺先生手植的柏树还在，依旧葱郁，有风吹过，如同低语，如同倾心的交谈，一路吹送到眼下所在的古镇街巷。

环绕村庄的流水依旧在淙淙流淌，尽管旧时的村落有些憔悴，就如一本从时间角落取出的古籍，拂去疲惫的尘埃，洗净光阴的尘沙，有些闪光的词语还在朦胧的夜空熠熠。

流水是古镇的书签，随风翻开又合上，你会永远记得，哪一页记载着时间，哪一页记载着风雨。

大风堡的树

重庆的朋友向我介绍石柱县时，语气中有一种特别的骄傲，说这是一个土家族自治县，位于神奇的北纬 30°，从百慕大三角、埃及金字塔、撒哈拉沙漠，一直讲到珠穆朗玛峰。好吧，我承认北纬 30°是一个神奇的纬度，这个纬度上分布着许多惊艳世界的奇观。但我喜爱石柱，是因为喜爱大风堡，尤其深爱大风堡的树，与它在不在北纬 30°无关。

大风堡景区位于石柱县东北部，巫山山系七曜山南麓，最高海拔 1934 米，因常年大风吼鸣而得名，是黄水国家森林公园的核心景区之一。

去大风堡，最好在手机里下载一款叫“形色”的 App，可以用来识别树木和花草。大风堡景区生长着 2000 多种野生植物，如果没有现代化的装备，再渊博的植物学知识，大概也认不全这里的草木。

四月的大风堡，小风习习，阳光踩着“啰儿调”的节奏手舞足蹈。道旁的树已换好了新装，站成绿色的仪仗，迎接远道而来的客人。几株花树，无视时节已到了“人间四月芳菲尽”的暮春，任性地开着。或许是在森林里自由散漫惯了，想开花就开花，想不谢就不谢。或许是知道我们要来，小心地保管着花朵，舍不得凋谢，留着给我们欣赏。

树是大风堡森林王国里最主要的成员，在没有使用“形色”软件之前，我把它们统称为“树”。它们默认了，随和而安静。它们习惯了集体沉默，也习惯了隐藏在森林里被熟视无睹。

但如果你能一个一个叫出它们的名字，那么你会收获意想不到的惊喜。

“你是珙桐，你是水杉，你是荷叶铁线蕨，你是桢楠，你是香樟，你是红豆杉，你是黄杉，你是马尾松，你是华山松，你是箭竹林……”你一一叫着它们的名字，像一个老师在点名，又像一个将军在检阅队伍。而那些被你叫出了名字的树，会哗哗地摇动着叶子，响亮地回应你。它们像见到了久违的好友一样，和你亲密地聊天，它们羡慕你来自远方，见识了一路的繁华，你羡慕它们平和散淡，固守安宁与简单。它们会告诉你，它们各自的习性和功用，告诉你很多森林的秘密。你也会受到好朋友的礼遇，友好的树们会全心全意招待你，飨以几朵珍藏着的花，或者绵绵不绝的负氧离子，或者一条绝美的落花小径。

大风堡有很多珍稀树木，其中国家一级保护植物 7 种，国家二级保护植物 46 种，国家三级保护植物 6 种，但那只是人类的分类。树木自己并不知道属于几级保护植物，也并不因为自己是保护植物而骄傲，它们平等地分享着阳光和雨露，彼此陪伴，彼此守护。

林中也有享有尊崇地位的树，那是三棵长在一起的栗树，土家人把它们尊称为“三神树”。这三棵树已经有 500 年树龄，形态十分奇特，像三个长在一起的连体婴儿一般，根相连、叶相依，树冠亭亭如盖，直径足有 20 米。也许，500 多年前，当它们还是小树苗的时候，三棵树彼此依赖，紧紧拥抱，于是，日复一日长成了你中有我、我中有你的样子。它们是这片密林的主角，是大风堡植物王国里的“天团组合”。之所以把它们尊称为“三神树”，还因为它们是土家人口中的“来儿树”“爱情树”“长生树”。关于“三神树”的由来，有个古老的传说。从古传颂至今的传说总是美好而相似，有关爱情，有关生子，有关起死回生，有关超人类的力量。过去，处于困境中的人们，走投无路的时候，在“三神树”下诚心相求，心愿常常会得到满足，久而久之，“三神树”声名远播，在树下求子、求姻缘、求健康的人络绎不绝。人们把一根根红色的绸带挂在树上，远远望去，这三棵树就像披金挂彩的大英雄，接受着人们的仰望。

石柱之行，一路走来，我见到了好几棵像“三神树”这样挂满红绸带的大树。或许，大树本身就意味着庇护和倚靠；又或许，人们已经把一颗希望的种子埋在树下，随着树的生长一起长大。那些树，当人们向它们倾诉时，慈悲而静默；给予人们力量时，无语而强大。曾经有多少人，凭借着在大树下获得的精神力量，在困境中顽强跋涉，终于迎来峰回路转，走向“柳暗花明又一村”。

坐在这样的树下，你可以把不足以向外人道的心事向它诉说，也可以什么都不说，让一棵树在你身体里默默生长，长成你身体里内在的倚靠和支撑。

大风堡景区最壮观的人工景点是悬空玻璃廊桥，也许喜爱自然风光的游客会觉得这样的人工造景很突兀，但这里是远眺群山的绝佳观景点，站在玻璃廊桥上极目远眺，只见远处群峦起伏，山岭叠翠，沟壑纵横。远处的树，郁郁沉沉，密密匝匝，远远地向我们致意。

有同行的伙伴惊呼：“看啊，这山的形状多像贺兰山！”

“不像啊，贺兰山上没有植被，比这里的山看起来冷硬很多。”另一个同伴答道。

树是山的衣裳，穿上了衣服的山，是性子柔软的山，是爱打扮的山。一年四季，树不停地变换颜色，把山打扮得像土家族的妹子一样妖娆而多情。

据当地的朋友介绍，玻璃廊桥也是感受大风的绝佳所在，每当大风吹起，可以见到风起云涌、林涛阵阵、山风呜呜的奇观。但我们等了很久，一直没有等到大风。

林中还有几条瀑布，从山顶潺潺流下，一路走走停停，搅动着满山的寂静。它们是树的玩伴，每日嘈嘈切切，把一路的见闻讲给树听。

山中还有很多珍禽异兽，但也许我们的到来惊扰了它们，它们都逃得远远的，不肯见人。

只有树，友好，安静，毫无保留地与我们赤诚相见。和大风堡的树在一起，江湖很远，尘世很远，人间很远。

在大风堡，如果你认识这些树，你会有意想不到的收获，即便叫不出它们的名字，也无妨，你可以倚着一棵感觉可靠的树，坐一会儿，也可以找一棵感觉投缘的树一同站着，静待一朵花开。你可以学习树的静默，也可以学习树的挺拔；你可以像树一样把根深深地往下扎，也可以像树一样把枝干向着阳光的方向伸展。

如果有大风吹来，可以和树一起，在大风中婆娑起舞，抖落一身的疲惫和沧桑。

眉山的“树子”

一直以为眉山是一座山。

我曾经想当然地以为，敬亭山是“江南诗山”，眉山就该是“西南词山”。敬亭山是李白七次登临的山，李白在此留下了“相看两不厌，只有敬亭山”的千古绝唱，它的形象代言人是李白。而眉山是苏东坡的出生地，它的形象代言人一定是苏东坡。

我还想当然地认为，每一座山都有它们的记忆，曾经来过这里的人，曾经发生过的事，都会被山上的石头记录，成为传说，成为诗词，成为人文的溯源和象征。

在来眉山的火车上，一对偶遇的四川夫妇看我在读林语堂先生的《苏东坡传》，就与我聊起了眉山。在与他们的交谈中，我第一次知道，原来眉山不是山名，只是一个地名。

这让我深感沮丧。眉山不是山，那么，那些刻录着苏东坡人文情怀的石头，我该去何处寻觅？眉山不是山，那么，近千年来后人对东坡先生的景仰与凭吊又安放在何处？

出了眉山火车东站，搭乘一辆出租车，眉山，这个一直只存在于我想象中的城市，渐渐立体起来，渐渐与我亲近。只见整座城市干净而朗润，在正午的阳光下闪着洁净的光。说实话，这些年走南闯北，见过各类大大小小的城市，但像眉山这样清秀得让人惊喜的城市并不多见。想想也是，也只有如此秀丽婉约的城市才配得起“三苏故里”的名号。

出租车司机兴许已经习惯了外地人对眉山的赞美，笑着对我说：“我们眉山绿化搞得好，每条路上都有很多树子。”

“树子？”

“树子的说法是我们眉山本地话，就是树的意思。”

我轻轻地叫了两声“树子”，像是呼唤它们亲昵的小名，感觉一下子爱上了这些亲爱的树。

眉山的“树子”还真是多，整座城市的植被率高达 50% 以上，走到哪里都像是走进了公园，还常常会与一些让人惊喜的“树子”不期而遇。

傍晚，我和几位文友一起绕着入住的岷江东湖饭店散步。远远地，看到一排紫红色的花树。那是几株三角梅，长得高高大大，足有三层楼高。大朵的紫红色的花，开得舒展而豪放，浓烈而饱满。能够长在苏东坡的故乡，想来它们的内心也是骄傲的吧。草地上有很多紫红的花瓣，有的地方疏，有的地方密，青色配着紫红，像一条精心织就的花带。它们安然的样子，不像是萧瑟的落花，而像是花瓣自动选择了与枝头分离，在低处的存放和布置。说来奇怪，落花容易传递萧条凄美的情绪，但这些凋谢的花瓣却是另一种缤纷的美景，落花不扫有如一阕回味无穷的词，是繁花盛开之后的袅袅余音。这样豁达而开朗的花树，很容易就让人想起东坡先生的境界——处在命运的高处时，开阔向上；处在命运的低处时，处之泰然，不抱怨，不怀恨，无论身处何种人生境遇，总能活出不同的精彩，总能传递光明与温暖。

饭店的前面有一个湖，湖水清澈，水流低缓，安静得就像还在旧时光里沉睡。当地的文友告诉我们，这个湖就叫东坡湖。湖边长着各种各样的“树子”，把东坡湖装点得婉约而灵秀。

在眉山，最深情的“树子”当数东坡故居后山上的松树。苏东坡的妻子王弗 26 岁时，不幸客死他乡。苏东坡痛失佳偶，肝肠寸断，千里迢迢将妻子的灵柩送回故土，葬在苏家祖茔，并为她种下了满山遍野的松树。如今，静静地站在松林里，似乎还能听到 900 多年前传来的呜咽——“料得年年断肠处，明月夜，短松冈”。

说到眉山的“树子”，最值得一提的是“三苏祠”大门口的三棵树。大门右侧边的那棵是黄桷树，据说有千年树龄，眉山人称其为“眉州第一树”。正对着大门的是两棵古银杏树。据介绍，银杏树长期生长的条件之一就是雌雄并存，但“三苏祠”内的这两棵古银杏都是雄树。有人把这两棵雄树称为“兄弟树”，相传这两棵银杏树是苏东坡兄弟少年时所栽，东坡兄弟两人还曾在树下读书弈棋。但是传说毕竟是传说，经过测算，这两棵树确切的树龄应该在 600 年左右，与东坡兄弟生活的年代相距甚远。

即便不是东坡兄弟亲手所栽，长在“三苏祠”大门口的银杏树，仍然是眉山人的骄傲。特别是右边那一棵，它大约 26 米高，抬头仰望，几乎看不见树顶。树干笔直，没有旁逸斜出的分支，没有刻意的弯曲和迎合，以一种简洁而嘹亮的姿态直冲云霄。树根遒劲有力，复根附着在主根上，辅佐着根系向泥土的更深处扎去，也支撑着树干向着更辽阔的高处伸展。它像一位坦坦荡荡的伟丈夫，巍巍然，凛凛然，屹立在“三苏祠”的大门口，让人一见就肃然起敬。东坡先生暮年终老异乡，葬在河南汝州。我却相信，他的灵魂梦牵魂绕，一定会回到他的故乡眉州，也许就是化身为这一棵银杏树，扎根在故乡的土地上，长成某种精神的象征，长成某种情感的寄托。

我由此想到我常去的敬亭山，我曾经在山上的李白独坐处待过很久，俯瞰过李白当年看过的山和树。敬亭山山势不高，山上的树长得随和而平常，似乎能够听懂你任何的委屈，并给予最妥帖的安慰。这些随和平常的树，曾经让走到人生暮年的李白得到无言的慰藉，也让历代文人找到了失意时“独坐”的精神家园。

而眉山的树不一样，它们更旷达，更有力，总是在传递着一种向上的精神力量。它们不喜不悲、不卑不亢的姿态，像极了东坡先生的处世风格。于是我想，那些曾经在敬亭山寻找心灵安慰的失意文人，如果来眉山，看看眉山的树，从这些树上汲取力量，也许会有不一样的人生感悟吧？

要离开眉山了，我与眉山的“树子”告别。突然想起来，关于“子”字的用法，一种是作为后缀，有疼爱、宝贝、爱惜的含义，比如“孩子”“儿子”等；一种念第三声，是一种尊敬的意思，比如“孔子”“苏子”等。

也许，眉山人管树叫“树子”更偏重于后一种含义吧。

草原人家

那里应该是离天堂最近的地方。每一棵草都热烈地绽放着它生命中最精华的颜色，汇合成一首气势磅礴的绿的交响，那绿是那么浓郁，那么稠密，无拘无束地向着远处无限地延伸，延伸……草原上的人们赶着成群的牛羊，唱着嘹亮的牧歌，歌声一直飘向天与地连接的远方……

这是我梦里经常见到的草原。

然而，当我们一路颠簸，翻山越岭，风尘仆仆，终于与心仪已久的鄂尔多斯草原相见时，不禁深深失望了。只见一望无际的黄沙地上点缀着稀稀拉拉的草，远处几头脏兮兮的羊无精打采地啃着草根，无法被草覆盖的黄沙迎风扑面。已是7月底，本该是草长莺飞的季节，但这里的草原如同一个历尽沧桑的老妇人，稀疏斑驳的头发，黯淡无光的面容，无精打采的神情，荒凉萧瑟得让人不忍卒看。

一路劳顿，再加上缺乏绿叶蔬菜的调养，我们像许久没吃上青草的羊，一个个精神委顿。热情的草原人端上了我们来到内蒙古草原后的第N顿羊肉，几乎所有人都反胃了。羊肉虽好，但顿顿吃，我们这些来自南方的胃不抗议才怪呢。此刻，我们的胃正热切地渴望着家乡的味道来抚慰一下。

所以，当几只闲适地散着步的鸡不经意间进入我们的视线时，大家真的有些激动了。在大家你一言我一语的议论里，这些鸡被迅速以汤的形式奔向我们可怜的胃。

作为掌管此次旅行开支的“财务大臣”，看着这些“望梅止渴”“望鸡止饿”的伙伴们，我意识到必须和鸡的主人谈谈我们的意向。

谈判起先进行得并不顺利，草原上的人似乎并不在乎你给的价钱高低，他们只认一点——鸡正在下蛋，舍不得杀。

我并不气馁，坐在蒙古包里，与大爷、大妈拉拉家常，向他们陈述着我的伙伴们如何水土不服、饮食不习惯、营养不良。没说几句话，大爷和大妈就同意把鸡卖给我们了。

当天下午，我的伙伴们去参加草原上的游玩项目，我就和大爷、大妈一起侍弄两只鸡。他们知道这些南方来的客人爱干净，杀鸡之后，一遍遍打来清水，把鸡洗得干干净净。我后来才知道，这里的水有多么金贵。由于地下水匮乏，打井必须打得很深才有水，打一口井要 10 万元，而整个鄂尔多斯草原景区只有一口井。

鸡汤是按照南方人的习惯做的，原汁原味，除了几片姜，什么都没放，用小火慢慢地炖。灶下的火红红地燃着，不一会儿，浓郁的香气就在小小的蒙古包里弥漫开了。

我和大爷大妈在这好闻的味道里，随意地聊着。大爷神情有些歉然，说今年干旱，雨水少，草长得不好。仿佛草没长好他应该负责任，也仿佛他理所当然地应该代表长势不好的草向客人道歉。

他又问我们从哪里来。我告诉他，我们从上海来。

上海？他一脸茫然，想象不出上海到底在草原的什么方位。

我耐心地告诉他，上海是中国最大的城市之一，离内蒙古很远，那里有金茂大厦，有88层楼。

88层？大爷吃惊地问道，那像我这么大年纪爬得上去吗？

大爷天真的神情让人忍不住想笑，但我没笑。我不能因为自己来自城市就以为有了轻慢别人的资本。

我说不用自己爬，可以乘电梯上去，几分钟就可以到顶楼啦。

是吗？大爷和大妈一脸向往的神色，他们想象不出远方有哪些精彩的东西。但随即又安然了，毕竟远方的精彩离他们太远，与他们无关。

鸡汤出锅前，我放了一把盐。也许这鸡是草原走地鸡的缘故，也许我们已多日没有吃上熟悉的菜了，这鸡汤鲜得出奇。我执意要留下两碗给他们喝，他们坚决不肯要。他们说，你们是付了钱的，这鸡就是你们的。

大妈拿出她攒的鸡蛋，问我要不要。要啊，我高兴极了。我让大妈帮我摘来几根葱，挥洒之间，炒了我这一生中最香的一盆炒鸡蛋。这与厨艺无关，只与蛋的品质有关。高品质的蛋真的是可遇而不可求啊！

你能想象我们在享受这顿丰盛的晚餐时的心情吗？带着久旱逢甘霖般的饥渴，挟着风卷残云般的气势，每个人都嚷着好吃好吃，顷刻之间，盘子见底了，汤碗见底了。当久违的家乡菜与喜出望外的草原美味完美结合的时候，这种滋味就成了记忆中的经典。多年后，当年一起出行的朋友聊起此次内蒙古之行时，看过的景点都已淡忘，但鸡汤和炒鸡蛋仍然让我们齿颊留香。

尽管那年的草原不美，但那次草原之行因为这顿晚餐而有趣起来，我们兴致勃勃地参加了晚餐后的篝火晚会，尽情地唱着跳着。我们都忘记了年龄，忘记了烦恼，忘记了身在何处，忘记了今夕是何夕。

晚饭后，大爷给我们在户外拉了一个灯泡，我们在灯下啃着西瓜，打起了牌。辽阔的鄂尔多斯草原安静极了，只剩下我们的这盏灯还继续发着灼灼的亮光。那一晚，鄂尔多斯草原上几乎所有的飞蛾都朝我们聚了过来，一时间，纸牌与蛾翅齐飞，蛾的振翅声与打牌声共鸣。那大概是我们这一生中排场最大的“大怪路子”啦。

要离开鄂尔多斯草原了，我去向大爷大妈道别。他们殷殷地邀请我以后再来，等以后春天雨水好了，草就会长得很好，足有半人高。我随口敷衍，好啊，以后我带着我的孩子一起来。

他们一听，就当了真，问我，你什么时候来呢？

那种淳朴善良的神情让人不忍欺，于是我正色说，过几年我一定带着儿子来看草原。

临行前，我和大爷大妈照了一张合影。大爷说，姑娘，照片给我们寄一张行吗？

我说行啊，您把地址和邮编留给我。

大爷侧头想了想，说，邮编我不知道，地址你就写鄂尔多斯草原，白风林收。说着，把脚下的沙地抹平了，蹲下来，用手指一笔一画地写了“白风林”三个大字。

我按照地址寄去了照片，但一个月后，照片被退了回来。信封上写着“查无此人”。

很多年过去了，每次看到这张照片，大爷大妈诚实善良的脸就会浮现在我脑海里。他们不懂欺骗，不懂敷衍，不懂伪装，他们眼中的人和事，如同草原上的草一样线条简单，直截了当。这样的心境，如此纯真，如此安宁，让我常常羡慕着，向往着。

我想，我一定要在一个草木繁盛的夏天，带着儿子，重新回到鄂尔多斯草原，看看草原，看看草原上的大爷和大妈，把这张合影亲自交到他们手上。

美丽的地球伤痕

云龙地缝位于北纬 30°，是恩施大峡谷的一条重要景观带。站在高处看云龙地缝，真的只是一条狭长的裂缝，像是在一个完整的表面突然出现了一道裂痕，突兀而美丽。

对恩施大峡谷情有独钟的游人，喜欢把云龙地缝称为最美的地球伤痕。他们把地缝的形成归功于怪力乱神的杰作，说是曾经有一位力大无比的神，暴怒之下把地撕裂出一道口子。当然，地缝的形成是地壳运动的结果，云龙地缝至少形成于 5000 万年前。

这道美丽的伤痕曾经是不动声色的“内伤”，地表是树木茂盛的山体，底下是云龙河的伏流段，以暗河形式在地下沉睡了两三千万年。后因水流在地下强烈掏蚀，在地表不断剥蚀，致使暗河顶部坍塌，地缝才得以面世。

更加奇特的是，这处伤痕还是两次受伤造成的。据考证，云龙地缝两岸的地层形成于不同的地质年代。右岸为 1.8 亿 ~ 2.3 亿年前形成的三叠纪地层，左岸是 2.5 亿 ~ 2.8 亿年前形成的二叠纪地层。在早期地壳变动中，由于断裂作用，三叠纪地层与二叠纪地层呈断层接触，后经过山地抬升和水流沿断裂薄弱带长期下切、侵蚀，而形成现在的深谷地缝。这是世界上唯一两岸形成于不同地质年代的地缝，也是极为罕见的U形地缝。

没有随随便便就成功的人生，也没有随随便便就美丽的风景。如今，身处地缝，很想抚慰一下这道美丽的伤痕，当年的你，伤上再伤，痛上加痛，承受了怎样的痛苦？

也许是年代太久远了，云龙地缝已经不记得当年天崩地裂的剧痛；也许是“破茧成蝶”了，它把那一次次受伤当成了美丽必修课。当年能承受多大的痛苦，如今就能承受多少赞美和感叹。此刻，它如同一个修炼成熟的美丽女子，胸怀大美而不显山露水，低调、内敛，必须走进它的内心才能领略它的迷人风采。

穿过一座土家风情的“风雨桥”，沿着台阶小心下行，不久，就到达了地缝底部。从地缝顶部到底部，平均高度75米。身处其中看地缝，这道“伤痕”瞬间放大，平均宽度有15米。在我看来，75米的高度，15米的宽度，是一个地缝的完美配置。如果高度不够，瀑布就难有气势；如果过高，阳光就难以映照进来，就无法看见美丽的彩虹，缝底的树木也不会如此茂盛。如果宽度不够，潺潺溪流就难以成形；如果过宽，就无法近距离感受两岸夹峙、飞瀑狂泻的美景。完美的配置造就了完美的景观，全长3600米的云龙地缝景观带，绝壁陡峭，古木苍翠，飞珠溅玉，碧流潺潺，步步是景，步步是画。

地缝中最美的景致莫过于悬瀑和岩石。地缝上通天水暗河，因此常年飞瀑直泻，汇成潺潺溪流，流向莽莽清江。水是灵气十足的音乐家，它会把流经的任何地方都当成琴弦，拨弄出美妙的音乐。一路上，飞瀑的声音，流水的声音，叮叮咚咚，哗啦啦啦，为沿途的美景配上应景的音乐，让游玩变得轻快而情趣十足。

地缝中共有七条半瀑布。所谓半条瀑布，是指丰水期有，枯水期无，也叫“半流瀑”。五彩黄龙瀑布、开阳瀑布、彩虹瀑布、云龙瀑布、冰瀑、沐抚飞瀑，都是观景的好去处。这些瀑布的美妙之处不在于气势，不在于体量，它们都像土家族的姑娘一样，苗条娟秀，灵气十足，再加上常有彩虹自觉自愿地做了它们的饰品，把它们一个个装扮得婀娜多姿，神采飞扬。

开阳瀑布占了一个好位置，它处于风雨桥的上游，是众多瀑布中第一个被阳光照射到的。每当阳光照射到的时候，彩虹就会随之出现。这条瀑布的后面，是一块巨大的心形岩壁，飞泻的瀑布每天冲刷着岩壁，荡涤着心上的尘埃，这块岩壁被称为“洗心崖”。“洗心”之说容易让人联想起佛教中著名的一偈——“身是菩提树，心如明镜台，时时勤拂拭，勿使惹尘埃”。来到“洗心崖”前，总会自觉地收敛身心，静静地想，我的心上有没有染上尘埃？我有多久没有洗过心了？

五彩黄龙瀑布是地缝中最古老的瀑布，已经不知疲倦地流淌了千万年。它位于黄龙桥的下游，高约60米，由于瀑布中含有黄铁矿，天长日久冲刷，岩壁和卵石都被冲刷成五彩的颜色。瀑布下面的五彩石上，有很多类似于脚印的图案，相传是神仙异能奇士来取五彩石时所留。奈何彩石岿然不动，神仙空留下脚印。五彩黄龙瀑布是最受阳光宠爱的瀑布，每当有阳光照射的时候，都会出现奇幻的彩虹，而且是双彩虹。因此，也叫“双彩瀑布”。太阳是与黄龙瀑布相伴千万年的老友，总是愿意拿出时间耐心地打扮瀑布。它把好看的色彩一笔一笔慢慢地勾勒出来，待第一条彩虹慢慢成形，又开始勾勒第二条，直到两条彩虹都成形，挂在了瀑布的前方，它才细细端详一番，满意地笑了。千万年来，太阳与这条瀑布之间形成了默契，不管有没有人来观赏，它都愿意用最好看的色彩装扮它，让它光彩夺目，让它美丽绝伦。地缝中的光阴，也寂寞，也美好，虽是千万年，只是一瞬间。

地缝中还有一条瀑布名为“二跌云龙”，它是几条瀑布中的“励志者”。它不像其他瀑布，从上到下，一气呵成，而是分成两段，在空中完成了蓄势和接力。第一段时，它初出茅庐，怯怯的，迟疑着，小心地保持着作为瀑布的姿势，轻飘飘地往下冲。下方的大岩石并不把这条不成气候的瀑布放在眼里，蛮横地往前突起，妄图阻断瀑布的去路。这条瀑布退无可退，左冲右突，在不懈的抗争中终于明白，如果不壮大自己，那么它将化成水珠或者水汽消失在空气中。从高空坠落是瀑布的理想，飞流而下是瀑布的使命，为了它的理想和使命，它集聚了所有的力量，以增强了数倍的体量，以越挫越勇的斗志，以不可阻挡的气势，突围而出，奔流而下，似神龙一般，以一个完美的姿势，浩浩荡荡冲向下方的深潭。站在这条瀑布前，你仍然可以从哗哗的水声中听到它的宣言——“没有什么可以阻挡我的步伐！”

如果说地缝两岸的飞瀑流泉像灵秀的土家女儿，那么石头就是耿直的土家阿哥了。地缝中怪石遍布，五彩斑斓。这里的石头并不像别处的石头，因时间的打磨而变得光滑圆融。在地缝中，我们看到有一处的石头呈正方体或长方体，方方正正，有棱有角，有一种别样的坦荡和正气。千万年来，它们无视流水的缠绵，始终保持着方正的姿态，坚硬地对抗着时间的侵蚀和风化。

联结地缝两岸的，是一座拉索桥。踏上索桥，就站在了两个地质年代的中间，这个简单的索桥把我们从 2 亿年前送到了 2.9 亿年前，跨越了 9000 多万年。因此，这座桥也叫作“时空桥”。

站在桥上，俯瞰云龙地缝，从另一个角度再次领略地缝的险峻奇幽、瑰丽迷幻，你会为大自然的鬼斧神工深深折服。同行的诗人忍不住吟哦起来——

龙隐渊犹在，神光放万重。

高情尘不染，千载白云封。

地缝中传来了土家族民歌《六口茶》——“你喝茶就喝茶呀，哪来这多话？”歌词俏皮，曲调活泼，嗓音清脆，不断在岩壁间回响，让人听了心旷神怡。

这一路，色照眼，歌悦心，斯情斯景，不由让人一时恍惚，不知是在天上，还是在人间。

相看不厌敬亭山

常常会想念敬亭山，尤其是境遇不顺心情不畅的时候，敬亭山仿佛就是可以帮助我舒缓情绪的密友，我恨不得即刻就见到它。当思念无法克制的时候，听从心的驱使，只要 4 个小时的车程，就能达到安徽宣城，见到日思夜想的敬亭山。

走近山门，远远地，就能看到诗仙李白俊逸洒脱的石雕像。李白，是当仁不让的敬亭山形象代言人。在敬亭山，诗仙李白的千古名句“相看两不厌，只有敬亭山”随处可见，道旁的指路牌、广告旗、售货亭，甚至敬亭山上的度假村里用的各类洗漱用品，只要可以印字的地方，大多印有“相看两不厌，只有敬亭山”。李白曾七次飘然登临敬亭山，留下诗篇 42 首，其中 14 首写到敬亭山，甚至还留下了他与唐睿宗第十女玉真公主倾情相恋的传说。传说的真假无从考证，但一生漂泊屡屡失意的诗仙李白深深眷恋着敬亭山，在与敬亭山相看不厌的无言对视中，得到了心灵的慰藉。

其实，敬亭山享有“江南诗山”的美誉，并不仅仅因为李白。公元

495 年，南齐著名诗人谢朓出任宣城太守。他深深陶醉于宣城秀丽的自然风光，而敬亭山也是谢朓最为偏爱并着墨甚多的一处。他以清新流利的笔触，写出了“余霞散成绮，澄江静如练”“兹山亘百里，合沓与云齐。隐沦既已托，灵异居然栖”等佳句名篇，勾勒了一幅幅淡远而有情致的山水画，开创了山水诗的新风。

250 年后，对谢朓甚为推崇的大诗人李白来到敬亭山，追寻谢朓遗踪，吟咏不已。他写道：“我家敬亭下，辄继谢公作”“谁念北楼上，临风怀谢公”“白纻青山魂魄在，一生低首谢宣城”。在著名的《宣城谢朓楼饯别校书叔云》中，他这样写道：“长空万里送秋雁，对此可以酣高楼。蓬莱文章建安骨，中间小谢又清发。俱怀逸兴壮思飞，欲上青天揽明月。”

受到谢朓和李白的牵引，1400 多年来，300 多位文人墨客在敬亭山留下了足迹。白居易来了，杜牧来了，欧阳修来了，黄庭坚来了，苏轼来了，文天祥来了……敬亭山成了“吟无虚日”的江南诗山，“唐宋八大家”之一的韩愈曾寓居于敬亭山，后人建“昌黎别业”以纪之；黄山画派的代表人物石涛也曾在山下的广教寺修行 10 多年。

沿着每一步都充满诗歌灵性的石径拾级而上，仿佛仍然能够看到千百年来众多文人墨客的身影，听到他们的浅吟高唱。杜牧写道：“敬亭山下百顷竹，中有诗人小谢城”。刘禹锡写道：“敬亭之山黄索漠，兀如断岸无棱角”“宣城谢守一首诗，遂使声名齐五岳”。汤显祖写道：“敬亭山水绿，淑节照人妍”。文徵明写道：“日落敬亭相映带，云开叠嶂浸沧浪”……

山上建有太白独坐楼。李白游历敬亭山之时，正值“安史之乱”前后，心中有太多的失落和惆怅。千古绝唱《独坐敬亭山》是李白最后一次造访敬亭山时所写。独坐在敬亭山上的李白，已走到了人生的暮年，再也不是高声吟诵“天生我材必有用，千金散尽还复来”“仰天大笑出门去，我辈岂是蓬蒿人”“安能摧眉折腰事权贵，使我不得开心颜”时那个傲视群伦、睥睨天下的狂放英才，一生屡屡横遭冷遇让他“举杯消愁愁更愁”。此刻的李白，看着天上的几只鸟儿高飞远去，直至无影无踪，寥廓的长空还有一片白云，却也不愿停留，慢慢地越飘越远，似乎世间万物都在厌弃诗人。他已在山上坐了很久，孤独，寂寞，凄凉，无奈，万般惆怅，万念俱灰，只有敬亭山在默默地陪伴着他，与他相对而视，温情相待。一年后，诗仙李白就殒命当涂，驾鹤西去了。

千百年来，敬亭山在李白的诗中定格，积淀了越来越深厚的幽思，渐渐地成了失落文士“独坐”的精神家园。

每次来到敬亭山，李白独坐楼是我必到之处。我喜欢在安静的午后，独自坐在这里，俯瞰山景，让灵魂远离尘风俗雨。阳光明媚的时候，眼前是一片苍翠的茶园，李白当年看过的鸟儿，此刻正无拘无束地盘旋着，滑翔着。阳光从树叶的缝隙里漏下来，闪闪的，暖暖的。青山不语，含情相望。细雨潇潇的时候，整座山都披着轻盈的细纱，群山绵延，烟云聚散，变幻万千，沉浸在亘古不化的千年惆怅中。或雨或晴，敬亭山总是一派无言的安静与慈祥。

山下有一座弘愿寺，是佛教净土宗的道场，庄严而开阔，平和而易修，晨钟暮鼓，日日召唤着迷途的心灵。信众从天南海北过来，在这里小住，过几天禅修的生活，教会你感悟、勘破、放下，于是，郁闷的心境得到了修复，压抑的情绪得到了舒缓，绝望的人生看到了峰回路转的曙光。来过这里的人们，仿佛心灵得到了格式化，平静而愉悦，吟诵着“相看两不厌，只有敬亭山”，重新出发。

常常会想念敬亭山，是因为李白与谢朓的牵引，是因为敬亭山的抚慰与包容。敬亭于我，总是温和而安详的，迎接我，目送我，包容我，悦纳我。敬亭与我也是相看不厌的吧。

回不去的故乡

故乡，对每一个游子来说，都是心中最温暖的所在，是他始终与母亲连着的那一根脐带，是他童年时温暖的襁褓，是他少年时快乐的天堂，是他心灵成长日渐强壮的大本营，是他在异乡出人头地时最想把荣耀带回去的地方，是他心灵受伤时最想回去避难的老巢，也是他重整旗鼓再次出发的新起点。

所以，乡愁是中国文人吟咏千年的主题，是中国文人精神世界里永远的伤痛。

而我，尚不到书写乡愁的年纪，却已回不去我的故乡。

我的故乡，也曾经是一个非常美丽的地方，我在这里长大。2009年5月，国务院批复同意撤销上海南汇区，将南汇的行政区划并入上海浦东新区。2010年，老家房子动迁，父母搬到原来的县城惠南镇居住，从此，我再也无法回到我的故乡。故乡，只在我的记忆里，让我思念，让我温暖，让我疼痛，让我感伤。

一

在我的记忆里，故乡是花海深处的诗意栖所。

家乡南汇素以桃花闻名于世，每年都会举办盛大的桃花节。清明前后，人们从四面八方汇集到我的家乡，踏青，赏花，感受春天的气息。我老家所在的乡镇并没有大面积种植桃树，也没有成片的桃花可以观赏。但那些在房前屋后随意栽种的花花草草，同样装点过我们的童年，同样让我们的少女时代多姿多彩、芬芳妖娆。堂妹阿华在门前种了一排月季，各种各样的颜色，开花的时候常常给我们带来小小的惊喜。母亲在屋后种了一棵李树，李花盛开的时候，洁白晶莹，就像穿着婚纱的新娘。最美的，当属成片成片的金黄的油菜花，那是春天里最辉煌激昂的乐章，让人不由自主地情绪饱满，精神振奋。幼年时，放学后，我会牵着妹妹们的手，走在泥泞的乡间小道上，一起回家。小径的两边是绿油油的麦苗和金灿灿的油菜花，蜜蜂在我们的身旁欢快地起舞。少女时代，也曾经有过很多个夕阳西下的傍晚，我慢慢走在回家的路上，在馥郁的油菜花香气里，把愁肠百转的青春期烦恼悄悄地向大地倾诉，大地无言，春天不语，我也在慢慢成长。

如今，故乡的桃花节每年都如期举行，但我们再也回不到我们的故乡，回不到我们鲜花深处的家。

二

故乡，曾是我们姐妹共同成长的摇篮。

我父亲有兄弟三人，兄弟三人一共生了五个女儿。我是家里的长女，四个花朵一样的妹妹相继来到这个大家庭。现在想来，有姐妹陪伴着一起长大是人世间多么幸福的一件事啊！小时候，在门前的场地上画几个格子，姐妹们就能组队玩“跳房子”；拉起一根橡皮筋，就能边唱边跳；摇起一根长绳，就可以玩接龙。逢年过节，就是我们最开心的时候，我们把宰杀后的大公鸡屁股上的漂亮羽毛一根一根收集起来，再去跟奶奶要一个有孔的铜板，做成鸡毛毽子。这样做出来的毽子由于羽毛丰满，下行的速度缓慢，踢起来稳稳当当的，我们常常一口气就能踢 100 多个。我们姐妹几个玩得最多的还是打扑克牌，常常是我和四妹阿华搭档，老二玲玲和老三红红搭档。最小的妹妹春花比我小 10 岁，很小的时候跟着奶奶学打纸麻将，居然极有灵气，一学就会。

小时候，我和红红是发号施令者，常常差遣玲玲、阿华和春花做各种各样的杂事，这样做的好处是把她们的动手能力从小就培养得非常好。前不久，姐妹们聚会时，我和红红还说：“你看你们三个现在开车开得这么好，多亏了小时候我们培养和锻炼你们吧？”我和红红小时候长于发号施令，忽视了培养自己的动手能力，所以到现在手脚协调能力还很差，开车至今还是“本本族”。

红红小时候喜欢看书，我把很多看过的书都推荐给她看。看多了书，她喜欢在脑子里自编自导自演，常常一个人自言自语，渐渐地，就在不经意间把口才练了出来。她现在成了一名老师，能说会道，基础也是小时候打下的。

我家老房子的旁边有一条河，小时候，这条河清澈见底，可以看得见河里游来游去的鱼。夏天，这条小河就成了我们姐妹的游泳池。没有人教过我们游泳的要领和方法，我们自己拿着一只木盆，倒扣在水里，身子趴在盆上，双脚不停打水，在河里游来游去。玲玲和红红后来慢慢地摆脱了木盆，学会了狗刨式游泳，我和阿华始终没有学会。

我们上小学的时候，村里有三四户人家买了电视机，于是带着妹妹们去别人家里蹭电视看就成了我们吃过晚饭后的一个重要文化内容。有些人家为了节约电，有些人家因为第二天一早要开工，有些人家嫌小孩子来家里吵，不让我们看电视，所以为了看电视，我们常常要跑好几户人家，也因为不懂看别人眼色遭到过白眼。但就是因为看电视不容易，所以看过的节目就会再三回味，久久不忘。那时候，我们看过的《武松》《姿三四郎》《排球女将》《血疑》至今都记忆犹新，小鹿纯子留给我们的励志精神，对我们姐妹的成长产生过深远的影响。

因为从小一起长大，有共同的童年经历，所以我们姐妹几个的感情尤其深厚，至今仍然会彼此想念，隔一段时间就要见面，相约一起打牌、喝茶、聊天。

身为大姐，我从小就在潜意识里想要为妹妹们做榜样，因此学习和工作都不敢懈怠。但小时候过于争强好胜，失了容人之量，与大姐的身份颇不相称。倒是我的妹妹玲玲，为人大方，极有慷慨之气，在气量上比我更像大姐。

在很多家庭只有一个孩子的今天看来，有那么多姐妹陪伴着一起成长，在情感上是一件多么奢侈的事啊。因为有了姐妹的相伴，我们的童年是精神富足的，是快乐而舒展的，是友爱而幸福的。老家的房子没拆的时候，我们一直在商议，重新造一排房子，将来等我们大家都退休了，重新回到老家，还像小时候一样，每天快快乐乐地在一起。

可惜，我们再也回不去我们的故乡，再也回不到我们姐妹共同成长的地方。

三

故乡，也是邻里乡亲和睦相聚的场所。

夏天的傍晚，邻居们会聚在一起谈天说地。有时，叔叔去田里砍来几根甜芦粟，大家边嚼边聊。有时，婶婶抱来一个大西瓜，大家一边开心地啃着西瓜，一边闲谈着。夏夜的风徐徐地吹来，满天的星星在无遮无拦的夜空里眨着眼睛，附近的水稻田里，蛙声相互唱和，此起彼伏，真有一番“稻花香里说丰年，听取蛙声一片”的意境。

因为我家父母、叔叔婶婶为人和善的缘故，我们家的人气一直很旺，农闲的时候，我家也很自然地成了邻里乡亲聚会打牌的地方。吃过晚饭，乡亲们就会三三两两地往我家的方向跑，很快就能凑够一桌打牌的人，开了起来，又凑够了一桌打麻将的人，也开了起来，热闹时会有三四桌，我家里满员了，隔壁叔叔家的战场也紧接着开起来。

村里有几家会动脑子的人家看到了商机，买了几张自动麻将桌，开起了家庭棋牌室，生意居然不错。妹妹和妹夫有次跟父亲商议，说现在大家都打惯了自动麻将，不如我家也添一张自动麻将桌吧。父亲摇头，说，乡里乡亲的，怎么好意思赚这钱？不要买。妹妹和妹夫说，我们不赚这个钱，就是买来自己家玩玩，来我家玩的也一律不收钱。父亲还是摇头，说，如果买了自动麻将桌却不收台费，岂不是让开了家庭棋牌室的人家少了生意，这样难免遭人嫉恨，还是不要买。于是，直到搬离老家，我家始终没有添置自动麻将桌，但手动的麻将桌上仍然夜夜爆满，热闹非凡。

离开老家后，我给父亲买了一台电脑，教他学会了在网上打麻将。昔日的热闹再也无从寻觅，父亲一个人冷冷清清的在电脑上打着麻将，心里还是惦念着老房子里热闹的场景。有空闲的时候，父亲还是会回到老家的附近，在没有轮到拆迁的邻居家里打一场麻将或玩一场牌。他是多么希望我们还是生活在我们的老房子里，和乡亲们一起热热闹闹地玩乐。

只是，我们再也回不去我们的故乡，再也回不去那个热气腾腾邻里相聚的老家了。

四

2010 年 3 月 28 日，父亲和母亲离开了生活了大半辈子的老家，搬到了惠南镇居住。离开老房子的时候，父亲和母亲一步三回头，看着自己胼手胝足一砖一瓦辛辛苦苦建造起来的房子，眼泪洒了一路。他们装了一包故乡的泥土，随身带着。他们说，这一包泥土，代表的就是我们的老家，闻到这个气息，就像仍然居住在自己家的老房子里。

前年春节的时候，我陪着父母去看我家的老房子。房子已经夷为平地了，但从建筑废墟上还可以分辨出我家的原址。原来高高耸立的老房子，推倒后只是微不足道的一小块占地面积，就像一个高大健壮的人活着的时候生机勃勃，一旦咽气，留下的骨灰也只是小小一捧。

去年过年时再陪父母去看，居然一点踪迹也找不到了，那个庇护着我们成长，为我们挡风遮雨的老房子，真的已经无影无踪了，就仿佛这所房子从来没有存在过一样。

随着离开老家的日子越来越久，故乡成了一张旧照片，在我们的记忆里日渐发黄。很多年后，也许我们会渐渐淡忘故乡的模样。我们无处搁置的乡愁，也会慢慢地变成无病呻吟的咏叹，毫无必要，也毫无意义。

尽管有家有房子，但我仍然觉得自己是一个无家可归的游子，因为我再也回不去我的故乡。

年岁渐长，我常常会思念我的故乡，常常会做一个不断重复的梦——在一个明媚的春天里，我牵着妹妹们的手，走在回家的路上，泥泞的小径两边，生长着碧绿油亮的麦苗，盛开着灿烂辉煌的油菜花，蜜蜂围绕着我们，欢快地舞着……

第四辑　乡间一棵草

乡间一棵草

祖母是个一生平凡的乡间农妇，几乎没有可以彰显她生命价值的事迹值得为她树碑立传。她活着的时候，平凡得如同乡间的一棵草，即使生活有些色彩，那也是草的色彩；她离世了，也如同一棵自然枯萎的草，无声无息地湮没在千千万万的逝者之中。

我常常会想起她，因为她是我生命的来路，而她的去路也必将是我的去路。

从我记事起，祖母好像一直就这么老了，其实那时她才 50 多岁。她从 40 多岁起，就一直做着村办托儿所的保育员，村里一批又一批孩子都是她带大的，所以人人都喊她"婆婆"。以现在做保育员的标准来衡量，她显然是不合格的。她不爱整洁，也不太注意饮食卫生，因为一个人要管 20 多个孩子，所以脾气难免暴躁。不过，乡间的孩子粗养惯了，居然一茬又一茬，都健健康康地长大了。农村实行联产承包责任制后，村里的托儿所解体了，60 多岁的祖母也就从此"赋闲"了。

闲来无事的祖母迷上了打麻将，常常和村里的老人们一起打打小麻将，消磨消磨时光。日子在不知不觉中悄悄流逝，祖母那些志同道合的牌友日渐减少，相跟着去了另一个世界，祖母一天比一天寂寞。

祖母并不惧怕死。她幼年父母双亡，从小在舅父家长大，30多岁时祖父去世，50多岁时继祖父也去世了。也许一生经历了太多的死别，所以她对待死亡的态度是超然而平和的。60多岁的时候，她就早早地为自己准备好了寿衣；70多岁的时候，发现自己胖了，寿衣根本穿不上，于是重新做了一套；到了80岁，她把寿衣拿出来一看，又小了，只好又做了一套。曾经有两个算命先生算到祖母的寿命是88岁，祖母听了哈哈一笑，似乎信了，但同时还是从容地做好了随时往生的各种准备。

80多岁的时候，祖母那些昔日的牌友全部离世了。家里的小辈忙着上班或上学，祖母就坐在门前，自己和自己玩牌。一张张牌搬过来又搬过去，搬过去又搬过来，日子仿佛漫长得让人不耐烦。

祖母86岁那年的国庆节，我回老家看她。以前从不爱回忆往事的祖母居然和我聊起了往事，她用手比画着，告诉我，祖父去世时我父亲才6岁，还不到桌子高。祖父临死前留下一句话，如果实在没有能力养活四个孩子，就把两个女儿送人，两个儿子再苦再累也要养大。

祖母和我说着这些，脸色平静得像是在说一件和自己不相干的事。我静静地听着，遥想着半个多世纪前发生在祖母身上的苦难：30多岁的寡妇，没有谋生的技能，没有赖以生存的土地，一个人带着四个幼小的孩子，在生活的重压下苦苦挣扎。我不知道那时的祖母是怎样挨过来的，她肯定没有时间长吁短叹，没有时间以泪洗面，甚至没有太多的时间沉湎在丧夫之痛里。对她来说，伤感也是一种奢侈的感觉。她必须咬紧牙关，像一只焦躁的母兽，整日四处寻觅食物，好养活她的儿女。

那么多年过去了，苦难早已深深地沉淀下去。在苦难中长大的父亲和叔叔待人谦和，勤俭持家，从村里最穷的人家慢慢变成了让左邻右舍羡慕的小康之家。历经半个多世纪的磨砺，祖母把这一切都看作自然而然的事，得之坦然，失之淡然，不伤感，不叹息，更没有小人得志般的沾沾自喜。

好像预见到了什么，祖母淡淡地对我说："奶奶快去了。"我连忙说："您别瞎说，两位算命先生都说您会活到88岁，您现在才86岁。"祖母说："那还有两年？多活两年少活两年又有什么区别？"死亡的话题让我恐惧，我岔开话题说了些让她高兴的事。可祖母说着说着，又扯到了死亡的话题。

一时无语，我陪着祖母静静地坐着。看着斑驳的光影在风烛残年的祖母头上斜斜地流过，我仿佛看到祖母生命的灯正在一点点地熄灭，心里有了恐惧和伤感。我突然很想对祖母好，于是平生第一次为祖母洗了头。香波在祖母的头上堆起了白色的泡沫，像我们幼年时玩过的雪堆。祖母稀疏的白发掩藏在雪的下面，像冬天的草。冬天的草到了春天会重新萌发，而祖母的白发已经不可逆转地枯败了。我似乎已经看到，在我们前方有一个日子，祖母将永远地被大地包容，我能做的，只是眼睁睁地看着日子一天一天地将祖母带走。而我这张遗传了祖母很多特征的脸，终有一天也会像祖母一样满脸皱纹，眼光浑浊。我的眼泪静悄悄地滴落在祖母头上的香波里，一些是为她流的，还有一些是为所有生命的无可奈何流的。祖母不识字，她不会理解我在揉搓她的白发时竟会和进那么多的感慨和矫情。她一边很舒服地享受我不轻不重的揉搓，一边淡淡地问我："奶奶死的时候你会哭吗？"我忍住悲伤重重地允诺了祖母，于是她满意地笑了，夸我有良心。

两个月后，祖母真的像一盏燃尽了油的灯，事先毫无征兆地在一个冬夜里熄灭了。

当我风尘仆仆地赶回老家为祖母奔丧的时候，左邻右舍都围了过来。在他们的期望中，我这个远道而来的大孙女应该有一番呼天抢地的"哭丧"。但是，很遗憾，在所有人期待我哭丧的时候，我竟然一脸平静地坐在祖母的床前，怔怔地看着祖母。祖母神色安详地躺着，丝毫没有触动我悲伤的情绪。我没有眼泪。一时间，我似乎还无法接受祖母已去的事实。在我的意识里，88 岁是祖母与我们的约定，而她竟然擅自毁约，将死亡提前了两年。

午夜，邻居们走了，家里没睡的人也都为准备丧事忙去了。我一个人静静地为祖母守着灵。祖母日常用的杂物都被清理了出去，此刻她的屋子显得特别空旷。奠烛在冬夜里轻轻地摇曳着，线香在无声地燃烧着悲伤。我摸了摸祖母冰冷的手，想起曾经答应过她要为她哭，于是在没有人的深夜，安安静静地把眼泪给了她。

祖母的丧事很隆重。86 岁的高寿，而且无疾而终，这种辞世在很多人眼里是值得羡慕的。在满屋子身着白衣虔敬悲伤的亲人中，我第一次惊觉我的姑父姑母们都已垂垂老矣，而我的父母也即将迈入老年人的行列。祖母在世的时候，她就像卷心菜最外面的那一层黄叶，为小辈们阻挡着死亡的威胁。如今最外面的这一层剥去了，我的父辈们都成了袒露在最外面那一层枯黄的老叶了。我突然意识到我对父母的疏忽，想着要好好孝敬他们。

转眼间，祖母已走了很多年了。乡间的野草青了很多回，又黄了很多回。春天来临的时候，我会望着在春风里无忧无虑生长着的野草，想我的祖母。我知道，在大地面前，祖母和我们都是野草，终有一天我们都会还原成野草的形状。我还知道，在我们必经的共同的去路上，祖母已早早地等在那里，就像等候年幼时晚归的我们回家。祖母以她乡间野草一样对待生和死的态度，告诉我：自然而至的死亡并不可怕，其实就是赴亲人的聚会。

瓜果人生

初夏的阳光总是与瓜果的香味联结在一起的。“五一”刚过，南汇的“8424”西瓜就上市了。生长在城市里的人们，在意的是西瓜经过舌尖时带给味蕾的愉悦，想象的是瓜果遍地的诗意田园，而我，常常会一边品尝西瓜，一边回想家乡父老喜忧参半的瓜果人生。

我老家浦东南汇，是远近闻名的瓜果之乡。沿海地区的沙质土壤很肥沃，特别适合种植瓜果。老家将西瓜作为经济作物大量种植是20世纪80年代后期。

1989年，“8424”西瓜种子被引进到南汇，当优秀的种子遇到南汇的土壤，竟有了比其他地区更优秀的品质，口感更佳，甜度更高。一时间，南汇“8424”声名远播，成了西瓜界的宠儿。

从那以后，家乡的农民开始大面积种植“8424”西瓜。那时也没有其他更好的经济来源，我父母也加入了种瓜大军。

立春一过，左邻右舍就忙开了，搭棚、播种、育苗。“8424”是娇气的早熟品种，必须为它们搭建塑料薄膜大棚，营造一个光照和温度适宜的温室。育苗时，先要拓一个个圆柱形的土坯，在土坯里播下种子。种子很快萌芽，先是冒出尖尖的头，接着长出叶子，怯怯的，嫩绿的。幼苗越长越大，原来的小土坯容不下了，就要把它们移到更大的空间去。它们在开阔的田地里伸展手脚，藤蔓越长越大，越长越粗。不知从哪天起，就会蓦然发现，绿色的藤蔓间开了一朵小小的黄花，接着是两朵、三朵，然后是一大片，黄黄的小花柔嫩地开放在绿绿的瓜叶间，像满天的繁星，也是触手可及的幸福与希望。

那时候，父母只要一有空，就往瓜棚里钻，似乎每天都有干不完的活，也似乎必须每时每刻守护着这些秧苗他们才安心。正午的瓜棚里炎热难当，待上半个小时就像蒸了一个桑拿，汗流浃背，满脸通红。即便如此，父母也不愿意以炎热为借口逃离瓜棚。他们每天天一亮吃过早饭就去瓜棚里忙活，中午匆忙回家吃午饭，一吃完饭马上又钻进瓜棚，直到天黑才收工回家。从来没有听到他们喊过苦喊过累，在他们的潜意识里，种瓜是他们自己的选择，劳动就要舍得花时间花力气。

花费的精力和时间终于有了成果。黄色的花落了，结出了毛茸茸的小瓜。小瓜一点点长大，先是像乒乓球，然后像拳头，像铅球，渐渐地就长得像足球一般大了。

放学后，我和妹妹也爱去瓜棚里玩，看幼苗生长，看开花结果，看瓜熟蒂落。瓜棚是我们天然的植物学课堂。淘气的我们常常喜欢翻开瓜蔓，看看躲在叶子下面的那个小西瓜比昨天大了多少。等瓜长到一定规模，我们就会装模作样地用手指弹弹西瓜，听听从西瓜的身体里传出来的清脆回响。

差不多 3 个多月后，西瓜终于快成熟了。试吃第一个西瓜，是一件隆重的事，常常令全家人既兴奋又紧张。西瓜洗了一遍又一遍，刀子和切菜板洗了一遍又一遍，全家人围坐在一起，带着忐忑，带着未知的喜悦，神色庄重地等待着包裹在绿色皮囊里的谜底揭晓。

一刀下去，西瓜应声而裂，红色的汁水急急地流了出来，清冽而甘甜的香味溢满了整间屋子。爸妈小心翼翼地咬下第一口西瓜，脸上的皱纹立刻就舒展了，3 个多月的辛劳一扫而光。

那些瞬间，是种瓜人家的幸福时光。但所有对农耕文明的礼赞，只是隔着岁月薄纱的一种美化，身临其间的人，感受更多的，是劳动的艰辛，以及对结果不可预知的惶恐和不安。

种瓜除了需要技术和心血，更多的还要看老天爷的心情。光照足，雨水少，西瓜的甜度就高。如果遇到台风、暴雨，那就是瓜农的灾难。

有一年，西瓜的成长过程特别顺利，眼看西瓜马上要成熟了，没想到，台风登陆，紧接着是连续几天几夜的暴雨，仅仅两天，雨水就漫过了田埂。田间那些即将成熟的西瓜一个一个漂在泥水里，大大小小，像溺水的孩子，在浑黄的水里呼救。

爸妈穿着雨衣站在田埂上，欲哭无泪。这一年，西瓜颗粒无收，还赔光了老本。等台风过去，烈日一晒，浸过水的瓜就开始腐烂发臭。爸妈默默收拾好被台风吹得东倒西歪的瓜棚，把腐烂的西瓜敲碎了做肥料，没什么抱怨，也没什么伤心，跟老天爷还能较什么劲？

新一年的春天来临的时候，他们好像忘记了上一年的惨痛损失，又开始满怀希望地搭棚、播种、育苗。

如今，老家的房子早已动迁，邻居和亲戚们也都搬到了城里生活，不再种瓜果了。但每年初夏，南汇“8424”西瓜上市的时候，我都会买上一些，分送给在城里的朋友品尝。因为爸妈有过西瓜滞销而亏本的经历，我特别怕这些品质优秀的瓜果卖不出去，让瓜农一季的收成泡了汤。

吃到西瓜的朋友会欣喜地问：“南汇 8424？哪里来的？”

我回答：“是我老家的亲戚种的。”在我的潜意识里，那些还在瓜田里挥洒汗水的瓜农，他们都是我的亲人。

大海的恩泽

我的耳朵宛如贝壳，思念着大海的涛声。

——聂耳

我的故乡在东海之滨，我从小在海边长大。小时候读到《汉乐府·长歌行》中的诗句“百川东到海，何时复西归”时，曾经深为自己生长在东海之滨而自豪。

长大后，在各地见识了各种蔚蓝深秀、气势磅礴的大海，见识了各式美丽的海滩，我越来越羞于谈起我故乡的大海。是的，故乡的大海不美。它没有像天空一样蓝得让人心旷神怡的颜色，没有闪着金黄色或者银白色光芒的海滩，没有海浪拍击海岸卷起千堆雪的气势。故乡的大海，也许是因为海水里混杂着太多的泥沙，波涛的颜色总是浑黄的，给人一种土里土气的感觉。

但是，这片土里土气的大海，与我血脉相连，与我的成长休戚相关，不管离开家乡多远，那浑黄的波涛一直澎湃在我的记忆里，那浑黄的大海的颜色始终是我生命的底色。

那一片土里土气的大海，曾是我家一个重要的经济来源，曾是我年轻而贫穷的父母为了改善生活而搏击过的战场。

小时候，家里的经济条件不宽裕。父亲读过初中，算是村里的知识分子，做过赤脚医生，后来在乡卫生院工作直至退休。他一辈子不擅长干农活，也不会做家务，唯独对出海捕鱼具有一种先天的悟性。

傍晚时分，父亲下了班，匆匆扒上几口饭，穿上及膝的裤子，背起鱼篓，带上手电筒，扛起渔网，朝海边走去。母亲手脚麻利地为父亲烙上一张热乎乎的饼，让他随身带着，在他饥饿难耐的时候，能及时补充能量。

那时，父亲经常出海，遇到风雨交加的日子，我会央求父亲不要外出，他总是不以为然地说："下雨天鱼都浮在水面上，看见手电筒的光亮就会游过来，鱼比平时要多。"父亲出海的日子，我总是忧心忡忡，难以入睡。听着外面风雨交加，电闪雷鸣，我的心就提到了嗓子眼。母亲早早地睡了，轻轻地打起了鼾声，她要抓紧时间休息，父亲回来后，下半夜的事情都是母亲的事。妹妹那时还小，也跟着母亲睡了。但我怎么也无法入睡，躺在床上辗转反侧。我想象着父亲置身于无边无际的汪洋大海中，那样渺小，那样孤独，陪伴他的只有手电筒微弱的光亮。一个大浪打过来，父亲站立不稳，险些摔倒在大海里……我常常这样一遍一遍地胡思乱想、担心、害怕、忧虑。那种童年时的不安全感，直到成年以后仍然影响着我，让我常常没来由地多思多虑。就这样等啊等啊，好不容易听到门口哐啷一响，父亲带着一身的风雨和海腥味回来了，我紧紧悬着的心瞬间落地，就会突然地坠入梦乡，后面的事情就什么都不知道了。

其实，后面的事情还有很多，不过那基本上都是母亲的活儿。母亲一骨碌爬起来，为父亲端上热腾腾的夜宵，让他暖暖和和地吃饱，然后为他倒上热水，伺候他洗去一身的泥浆，换上干爽的衣裳。疲惫不堪的父亲怀着功臣一样满足的心情，舒舒服服地上床睡了。接着，母亲把这些混杂在一起的鱼洗去泥沙，按照大小、种类一条条码在篮子里，然后洗好父亲的衣裤，清理好父亲的渔网。天蒙蒙亮的时候，母亲就会提起装满了鱼的篮子，到集市上卖。

那时候，父亲和母亲都半夜不睡，但第二天照样上班的上班，出工的出工，从来没有耽误过。母亲那时年轻，似乎浑身有使不完的劲儿，半夜不睡，第二天出现在农田里时，照样精气神很足，一家人的生活依旧安排得妥妥帖帖。

母亲还给我讲过一段险些酿成大祸的卖鱼往事。那时候她正怀着我，离分娩不到一个月。那天晚上下着大雨，父亲出海捕鱼收获不小，足有10多斤。父亲和母亲固然高兴，但又担心着卖鱼的问题。母亲的身子已经很笨重了，父亲舍不得母亲冒雨外出，就说第二天他去卖鱼。但母亲知道，父亲素来面嫩，让他去集市卖鱼，他会羞怯尴尬得不知所措。第二天一大早，父亲还没醒来，母亲就悄悄地起床，挎着装满鱼的篮子，步履蹒跚地朝镇上的集市走去。在母亲的记忆里，那天的雨真大啊，像老天爷提着一个盆往下倒似的，又密又急。母亲挺着大肚子，深一脚浅一脚地走着，走到半路上，突然一个趔趄，站立不稳，摔倒在地，满身是泥。正好有个老者在家门口远远地看见我母亲摔倒在地，赶紧来扶，连声责怪我母亲不该在这样的雨天还赶去卖鱼。母亲笑笑，说，眼看孩子快出世了，手头总要攒几个钱。那位老者是退休回乡的老工人，特别仁慈，毫不犹豫地买下了母亲篮子里所有的鱼，叮嘱我母亲早点回家休息。很多年后，母亲依然记得那位老者，记得他关切的温暖的话语。我有时会打趣她，说，您那时也太不当心了，要是摔一跤，造成流产，或者把我生得四肢残疾什么的，岂不是后悔一辈子？母亲说，那时候的人哪有现在这么金贵？那时候的农村妇女怀孕了根本不当一回事，照样在田里插秧干活，大家都这样。

天色大亮的时候，母亲已经从集市上卖完了鱼，给我们做好了早饭，招呼我们起来吃。从母亲喜悦的神情里，我猜想父亲昨晚的收获肯定不少。有时候，父亲会捕到特别大的鱼，卖一个很好的价钱，那样我家就会好几天都沉浸在喜悦里，叔叔婶婶到我家来串门时，大家都会分享好消息，开心好几天。有时候，一晚上的收获不多，或者鱼很小，卖不出好价钱，母亲就会把鱼收拾好，第二天一早，东家送一点，西家送一点，剩下的就给家里人改善伙食，屋里就会弥漫起一股鱼的腥香。偶尔会捕到鳗鱼，那就是童年时的妹妹最幸福的时刻了。妹妹那时爱吃鳗鱼，母亲就会给她烧好，让她美美地享受一顿。小时候的我对吃海鱼有种本能的抵触，每次吃鱼都会恶心得想吐，可能那时吃鱼的感受总是与对父亲的担心联系在一起，所以鱼的气味总是让我难受。

很多年以后，我有时会和父母谈起当年父母亲捕鱼、卖鱼的往事，我说你们那时候真傻啊，冒着生命危险换来一点点小零钱，不可能指望这些钱脱贫致富，为什么要那样拼命呢？父母亲笑笑，说，那时候的人都不富裕，左邻右舍也都差不多，我们家因为你祖父在你父亲 6 岁时就过世了，日子过得比别人家更艰难。不过那时候穷是穷，但心里总是有一个个目标等着我们去实现。我们结婚的时候，家里只有一间小茅草房，半间做灶间，半间睡觉，一到下雨天，茅草房总是滴答滴答漏雨，那时候就想，等攒够了钱，一定要把茅草房翻成瓦房，这样下雨天家里也能干干爽爽的。攒了几年，真的攒够了买瓦的钱，于是茅草房就变成了瓦房。后来，你和你妹妹相继出世、渐渐长大，家里的房子住不开了，那时就想，等攒够了钱，就再搭一间房子，这样就宽敞多了……后来，真的攒够了造房子的钱，从一间房变成了两间房，再后来又变成了楼房。那时候的人穷，但大家的心态都很好，知道靠自己的双手改善生活，不像现在有些年轻人，不思进取，天天想着啃老，想着一夜暴富，碰到一点困难就骂国家、骂政府，唉，不说了……

父母说，那时全国各地的老百姓都穷，好在我们这里有大海，靠海吃海，总是比别的地方的人多一条活路，多一份指望。

是的，我家乡那片土里土气的大海，曾经给予我贫穷而年轻的父母莫大的恩泽，给予他们莫大的期许。他们从无边无际的大海里打捞起一个个美好的指望，支撑着他们编织起关于未来的美好梦想，一步一步地朝着生活的目标艰难而又满怀希望地前行。

海边的童年

故乡那片土里土气的大海，曾是我童年时的游乐场和励志课堂。

上小学的时候，星期三下午，学校都会放假半天，我就会和小伙伴们相邀一起去闯海。

那时候的海，离我家的距离并不是很远，大概走上半个小时，就能闻到海腥味，听到海鸟的叫声了。不过，要走进大海的怀抱，并不是一件容易的事，必须经过一大片芦苇荡和水泽地。我们脱了鞋，光着脚，深一脚浅一脚地朝着大海深处走去。我们的脚丫，先是试探着踏进水泽，看着湿软的淤泥慢慢没过我们的小腿，直至膝盖。淤泥的下面，会有一层坚实的硬土，给予我们的双腿有力的支撑。有时候，看似温和的水泽下面会有尖利的芦根，让我们的双脚在猝不及防中突然受伤，鲜血直流。疼痛对于那时候的我们，总是短暂的，因为前面还有很多吸引我们的东西。于是，在同伴简单的安抚过后，我们继续朝着大海深处跋涉。我们在跋涉中体验惊险，在跋涉中体验快乐。

很多年后，我才明白童年时在泥泞中跋涉对我人生的意义，也明白了大海给予我的无声启示。成年后，我遇到过很多人生的险滩，也曾经一次一次受到猝不及防的伤害，我总是像童年时那样，一步一步在命运的泥泞里跋涉着，前进着，不张望，不迷惘，不气馁，坚信沼泽下面总会有一个有力的支撑，会让我一步一步地走过去。

走过水泽，走过芦苇荡，渐渐地，脚下的泥地越来越硬实，留下的脚印越来越清晰。于是，我们就在海滩上雀跃、飞奔、追逐、嬉闹，广阔无垠的滩涂上留下了我们的一串串脚印，也留下了我们童年的欢笑声。

站在海滩上极目四望，大海是那样辽阔，永远看不到边际。目光的尽头，海与天在苍茫的远方紧紧相连。在大海宽阔的胸怀里，小小的我们似乎也变得胸襟开阔起来。

玩乐的同时，我们常常也会在滩涂上抓一些小海鲜带回家去，那是很不错的美味。常见的有黄蚬、蟛蜞、泥螺，还有跳跳鱼。黄蚬的隐身之地很好辨别，它们总是躲藏在一汪浅浅的水下面的沙地里，留一个小孔给自己呼吸。轻轻一挖，黄蚬就呈现在你面前了。它们没有任何防备能力，建筑的防御工事又过于简陋，太容易让人识别，于是它们就用自己巨大的数量来保全自己。所以，我们在滩涂上抓得最多的小海鲜就是黄蚬啦，有时一下午能抓好几斤。带回家，用清水洗净，开水烫过，取出肉来，炖鸡蛋羹，烧豆腐，或是煮汤面，味道都极其鲜美。

蟛蜞长得与螃蟹十分相似，但比螃蟹小很多，也许追溯到远古时代，它们还是有某种亲缘关系的物种呢。蟛蜞十分机警，它们常常在芦苇丛中活动，一见有人来，就会迅速舞动爪子，逃得无影无踪。有时候，你明明看见它们躲进了某个蟛蜞洞里，但任凭怎么挖，就是没法把钻进洞里的蟛蜞挖出来。天才的蟛蜞把它们的隐身之地建得深而且弯，具有很好的防卫功能。但它们有一个致命的弱点，每当大暴雨来临前夕，它们就会惊恐万状地爬出洞来到处乱窜，这时候，是抓捕它们的最好时机。蟛蜞空长了一副与螃蟹相似的外貌，其实小小的身体里没有值得品尝的内容。但崇明一带，至今都有把蟛蜞做成醉蟛蜞下酒、佐餐的习俗，爱吃的人觉得其鲜美不逊于螃蟹。

有时候，不知不觉就到了大海的深处，走得东西南北没了方向。如果在大海里迷了路，不用慌张，四下里找找，远远地就能看见灯塔，它高高地矗立着，召唤着我们，指引着我们回程的路。于是，我们的心里有了底气，知道朝着灯塔的方向走，就能回到自己的家。成年后，读到很多关于歌颂灯塔的诗歌，深有感触。是的，对于航海的人来说，灯塔就是他们的方向，就是他们的旗帜，就是他们温暖的家。

在大海里玩够了，我们就朝着灯塔指引的方向往回走，用大治河清澈的水把浑身的泥巴洗净，带着我们的战利品回家。父母知道我们去闯海了，从不责骂我们，也似乎从来不担心我们的安全，只是偶尔会告诉我们一些关于潮汐的常识，免得我们再去时遇到涨潮，白跑一趟。

也许，在他们的心里，大海对于我们这些孩子始终是仁慈而宽厚的，他们不用担心大海会伤害我们。

长大以后，有时遇到童年时一起搭伴去闯海的伙伴，我们会笑着说，那时我们真傻呀，海风把我们的脸吹得干燥而粗糙，现在用多名贵的化妆品也补救不过来啊，一辈子都这样啦。

是的，我故乡土里土气的大海，是我童年时的游乐场，也是我童年时的励志课堂。它给予我磨砺，给予我宽慰，给予我胸怀，给予我启示，给予我指引，也给予我终身难以泯灭的印迹，走到哪里，我都是这一片土里土气的大海的女儿。

在海边

父母亲说，他们小的时候，大海离家很近，能够听到潮涨潮落的声音，有时还要防备大潮漫过海堤，淹没村庄。1949 年农历六月廿九，我的家乡曾经发生过一次大海啸，很多人死于那次大海啸。所以，每年到了农历六月廿九，家乡有很多人家都会祭奠死去的亲人。

海啸发生那年，母亲还未出世，外婆怀着母亲，行动不便，险些被汹涌的海潮冲走，外公一把拉住外婆，把她推上了一大块飘浮的茅草屋顶，在水里漂了很久才得救。

所以，平素看似温厚的大海，其实也常常会发怒。巨浪滔天的时候，会迸发出摧毁一切的破坏力量。只不过我从来没有见过大海发怒的样子，所以留在印象中的故乡的大海，总是一副温柔敦厚的模样。

渐渐地，我长大了，离开家乡去求学，大海离我越来越远了。这种“远”，一方面是心理上的，偶尔回家，再不会像小时候那样，赤脚去闯海，大海渐渐淡出了我的生活；另一方面是空间上的，几十年里，我真正体会到沧海变桑田这句话的含义。先是海塘越筑越远，在原来的滩涂上长出一大片土地来，后来那一片土地上建起了工厂，搬来了居民，成立了一个滨海乡。

再后来，老家的房子动迁了，父母搬到了原来的县城居住，大海离我们就更远了。

前几年，我带着儿子陪父亲又一次故地重游，去看大海。几十年不见，我的大海与我生分了。当年的芦苇荡和水泽滩涂已经不见了，一条新筑的水泥马路直直地通到大海的深处。看海的人们，不用光脚，不用跋涉，甚至不用下车，开着汽车就能进入大海的腹地。它似乎洋气了很多，整洁了很多，但那似乎已经不是我童年时的大海了。

我极目四望，试图在那依然熟悉的海腥味里找回我童年的印象，但从前的一切都已不复存在，只有大海的波涛一如既往。

父亲和我默默地坐在海边，往事在心头一页一页翻动。很想问问曾经熟悉现在陌生的大海：你是不是还记得，曾经有很多个雷电交加的夜晚，有一个年轻的男人，为了一个个生活的目标，扛着渔网来打鱼？是不是还记得，曾经有一群小女孩，把这里当成了游乐场，赤脚在滩涂上自由自在地玩耍？

坐在海边，我试图把往事告诉儿子，让他这个90后的孩子明白祖辈的艰辛和不易。从小出生在大城市的儿子似懂非懂地听着，神情是不以为然的。我知道，现在的孩子根本无法明白祖辈生命的价值，也体会不到父辈奋斗的艰辛。在“炫富”“小资”成为主流价值观的时代，孩子们情愿自己的祖辈是世代书香门第，或者商贾世家。在我看来，童年时的艰辛和磨砺是我人生的财富，但在他们隐秘的内心，穷苦的出身是一件羞于启齿的事情，情愿相信自己的父母生来高贵，一开始就有着高端、大气、上档次的工作和社会地位。

但或许，是我妄自揣测，不能明白年轻人的内心世界吧！就像现在这样，依然沉醉在对过去那一片大海的回忆中，而在内心屏蔽了沧海变桑田的惊喜。我的父辈有他们的梦想，我们这一辈有我们的梦想，孩子们也有他们自己的梦想吧？

代际隔阂不管在什么年代都会存在，但我希望我的孩子能够明白，他生命的底色源自祖辈，源自父母，也是这一片浑黄的大海的颜色。我希望我的孩子不管处在何种境遇，都不要失去在风浪中搏击、在泥泞中跋涉的进取精神。

父亲说，现在土地越来越宝贵，人们已经不满足于让沧海慢慢地自然而然地变成良田了。这几年，人工填海的速度加快了，先是把大量的石块堆积在远处的海里，让海水涨不过来，渐渐地，这块土地就干了，然后就可以用来耕种、建厂房，或者派其他用场，用这种方法，已经“长”出来很多土地了。

只是，这样的办法好吗？是不是太急功近利了？大海会不会有意见？

父亲沉默着，不回答。

我的大海也沉默着，不作声，翻滚着浑黄的波涛，沉默而悲怆，内敛而宽厚，无言而深邃，一如既往。

父亲的元旦

2013年12月31日，这一年的最后一天，晚上一大家子难得地聚在一起吃了团圆饭。老家的房子动迁后，大家都分开住了，一大家子聚在一起的机会越来越少。父亲在兄弟三人中是大哥，是我们这个大家庭的最年长者，有他参加的大家庭聚餐，总像是在举行一个关于家风代代相传的传统教育，不用多说什么，但忠厚传家、父慈子孝、真诚待人的家训却是能够让我们这些小辈心领神会的。

晚上9点多钟，大家兴尽而散。我本来想着要和妹妹一家一起返回市区的家里，但父亲说："明天元旦休息，你在家里住一晚吧，明天再回去。"我说："明天还得自己乘车，麻烦，不如就坐妹妹他们的车吧，方便一点。"父亲说："地铁16号线刚刚开通，你明天乘坐一下，体验体验。"又说，"你妈前几天就帮你把被子晒过了。反正你回去也没有特别着急的事，就住一晚吧。"父亲喝了点酒，没醉，但话有些多。听得出来，他是多么希望我住上一晚。

我说："那好吧，就明天走吧。"

回到家里，我跟父亲母亲说，今天是2013的最后一天，我也跟你们汇报一下我一年的工作吧。然后我说了一年来工作上取得的几点成绩。

有些事情，其实平时也跟父母说过，但年终的时候会像做总结报告一样归纳起来一并告诉他们，让他们知道自己的女儿在外面做了一些什么，他们会高兴。我知道父母一直在为我的境遇担心，有时候会为我的遭遇悄悄流泪，所以我总是报喜不报忧，我要让他们放心，让他们为我骄傲。

果然，听了我的报告，他们笑了。尽管他们不是很明白我取得的那些成绩到底意味着什么，到底有什么意义，但他们舒展了眉头，他们由衷地为我骄傲，眼睛里有灼灼的欢喜。看到他们眼睛里喜悦的光芒，我想，明年，我还要加油。

新年的第一天，母亲去亲戚家帮忙了。出门前，来我房里说："你不要走啊，我吃过午饭就回来了，你等我回来再走。你爸爸今天不出去，他在家里陪你。"父亲特别喜欢玩棋牌，几乎每个休息日都会约老友出去玩。所以，我迷迷糊糊地说："让爸爸出去玩吧，我自己多睡会儿，醒来早我就自己走了，醒来晚了就等你们回来。"说完，又翻过身去睡着了。

这一觉睡得从来没有过的香甜。也许，父母才是我们最安全的港湾，在父母身边，心会特别踏实，所有的忧虑都一扫而光了。一觉醒来，已是午后，感觉特别舒服，仿佛累积了一年的疲惫一下子荡然无存了。

家里很安静。我静静地躺了一会儿，听见门外有细微的响动。我起床，看见父亲一个人坐在阳台上，百无聊赖地抽着烟，没看电视，也没看报纸，地上的烟缸里积了半缸烟头。

我问父亲怎么没有出去玩，他说今天就不出去了。

我明白，其实父亲一直在等着我醒来，他担心我醒来后，家里没有人不方便。

我问父亲吃过午饭没有，他说还没有。他说你想吃什么，吃面条吗？我做给你吃。

父亲其实从来不会做饭，几乎所有的家务事都是母亲在做。所以，我笑了，说，还是我来做吧。

我搜罗出一包年糕和一棵大白菜，还在冰箱里找到一块冰冻的猪肉。我准备和父亲两人吃炒年糕。

猪肉冻得久了，很硬，父亲看我切得很费力，连忙说："我来，我来，我来切。"不由分说地把刀子夺了过去，切起肉来。其实，论做家务的水平，我一定是比父亲高上几个等级的，但父亲还是坚持他来切肉，他怕我切肉会伤到手。

饭后，母亲回来了，里里外外搜了很多东西出来，羊肉，鸡肉，猕猴桃，烟，酒，蔬菜……一样一样都要我带上。这些东西，大多数是妹妹和其他亲戚孝敬他们的，他们总是攒着，等着让我拿去。我常常很奇怪，为什么妹妹他们一家带去的东西，他们吃着用着觉得很理所当然的样子，但我去，却每次都是反着的，他们一定要我拿走些什么东西才会高兴。我知道，我的父母一直在心疼我这个情感不顺的大女儿，他们总是希望用物质来补偿命运对我的亏欠。

最后定下来要拿走的东西很多，两大包，父亲母亲一人提起一包送我。临走时，母亲接到电话，有亲戚要过来，母亲只好留在家里。

我坚持要和父亲一人拿一包，但父亲不肯，把原来的两包并成一大包，把它扛在肩上，一路扛着走。

新开通的地铁16号线车站离父母家不远，但走着还是有些距离。父亲毕竟快68周岁了，扛着那么大包东西很吃力，我几次要求他让我一起提，但他都不愿意，一定要自己扛。

到了车站，我让他回去，他说，我还是送你到罗山路站吧，那站16号线可以转11号线，把你送到11号线上，我再回来。

我说，坐到罗山路站要半个多小时呢，你坐来坐去多累，还是回去吧。

父亲说，换乘时还是有段路要走的，你拿东西不方便，我送你到罗山路再回来。我不出站，来回一趟也就 3 元钱。

因为是节日，也因为这条线路刚刚开通，很多市民要体验这趟开往滴水湖的地铁，所以新开通的地铁特别拥挤，车厢里很热，乱糟糟地让人心烦。

我对父亲说，您回去吧，车厢里热，难受，您就别受这个罪了。父亲解开羽绒服的扣子，说，我不热，我还是送你到罗山路吧。

忍受着蒸笼一样的热气，地铁终于到了罗山路。换乘其实很方便，下了楼就可以换乘地铁 11 号线。

父亲再次扛起我的行李，把我送下楼，来到地铁 11 号线的站台。等候地铁的时候，父亲说，上了 11 号线，你找个座位坐好，这条线路长，有十几站，一会儿你到江苏路下车，出了站叫辆出租车。

我点点头说，知道了。

这样的对话场景应该是 30 年前的吧。那时我 12 岁，父亲 38 岁，他会一路很不放心地叮嘱我这样那样。但今年我已经 42 岁了，而父亲也已经 68 岁了。也许，在他眼里，我永远是那个需要他照顾，让他永远牵肠挂肚很不放心的小姑娘。

等候在地铁 11 号线车门外的乘客蜂拥着进了车厢，最后只剩下我的父亲一个人留在了外面。我挥挥手，让父亲回去。

父亲不走，看着我落座，看着我摆放好行李，看着地铁车厢门徐徐地关上，看着列车缓缓地启动，看着列车加速，看着我乘坐的列车渐渐消失在铁轨上……

列车开了很久，我仿佛看到父亲的眼睛还在一路追随着我。我知道，这一辈子，无论我去了哪里，父母的眼睛都一直跟在我身后，从来没有离开过。

三更有梦书当枕

现在想来，幼时的我一定不是爸妈心目中的“好孩子”。

祖祖辈辈都是“面朝黄土背朝天”的农民，父母认识的人中也没有出过因为读书而改变命运的人，“爱劳动，耐吃苦”就是当时父母心中“好孩子”的标准。而我显然离这个标准很远，我太爱看书了，常常因为看得入了迷，忘记妈妈交代我的家务活。

农忙时节，天色暗尽，妈妈才拖着一双泥腿疲惫地回到家，看见家里还是冷锅冷灶，而我则在痴痴地看着书，年幼的妹妹在门外跳着橡皮筋。妈妈气极了，顿时朝着我咆哮开了：“就知道看书！看书！看书能当饭吃？村里那么多小姑娘，哪个像你这么懒的？！”

那时的我，考试常常拿第一名，每个学期都带回家一张“三好学生”的奖状。爸爸妈妈把奖状一张挨着一张贴在墙上，几年以后，整面墙上都贴着我的奖状。但他们从来没有过多的欣喜和骄傲，把这一切都看作理所当然的事，而我也从来没有因为学习好而受到父母额外的宠爱和赞扬。那时候，他们整天弯着腰在田里劳作，他们只看到一粒种子播种下去，慢慢地发芽，慢慢地长大，慢慢地长出果实，他们专注于用勤劳的双手种出更多的粮食，他们不会明白知识可以改变生活，读书可以改变命运的道理。那时的他们不可能想到，他们的女儿将来可以靠“写字”来养活自己。

那时候的我，当然也不可能预见未来，没有想过自己将来可以不做农民。我只是由衷地热爱着书本，这种爱与生俱来，不带任何功利心。

到小学四五年级的时候，我几乎看遍了学校里有限的几本藏书，我开始把自己仅有的一点儿零花钱节省下来，偷偷摸摸地跑到镇上的供销社买书看。最初买的是几分钱一本的绘画连环画，有《林海雪原》《水浒传》等，钱稍微多一点儿，我就可以买两角八分的电影连环画，像《刘三姐》《铁道游击队》等。买回家的书，我都藏在枕头下面，晚上躲在蚊帐里偷偷地看。

在我初中的时候，妈妈去了社办工厂上班，爸爸做了镇上医院的临时工，家境渐渐地有所改善，我用来买书的零花钱多了起来，我的书也慢慢地多了。我在小床的内侧放了一块木板，整整齐齐地码上一排书。临睡前，我必定会随意地抽出一本书，任意看上几页，然后在“三更有梦书当枕”的滋味中酣然入睡。

几年下来，我的小床已经挤不下我越来越多的书了，我开始对这种“书似青山常乱叠”的状况表示不满，我渴望有一个书柜。在我青少年时期的审美眼光里，我觉得最漂亮的书柜应该是那种米黄色的，高大，宁静，我心爱的书们透过玻璃争先恐后地向我发出争宠的笑。我要求了几次，但做这样一个书柜价格不菲，爸妈显然有点儿舍不得，所以他们的态度在我看来总觉得是敷衍和糊弄。

我决定“艰苦奋斗，自力更生”。在后院丢弃的废铁中，我找到了两个差不多 1 米高的铁架。常年日晒雨淋，铁架已是锈迹斑斑。我艰难地把它们搬进屋，找来砂纸，使劲地除去铁锈，又笨拙地涂上防锈漆，还找来几块木板，擦洗干净，搁到铁架上，将所有的暴露部位都糊上一层纸。傍晚时分，我筋疲力尽，满身铁锈和油漆，但仍然兴致勃勃，因为终于有了一个完全属于自己的书架。

我把它放在房间的一角，整整齐齐地放了一层又一层书。很简陋，但我却真诚地为它骄傲。爸爸妈妈晚上回到家，我迫不及待地拉着他们来参观，期待着他们的惊叹。他们久久地不说话，轻轻地抚摸着我的书架，眼睛里有了温柔和疼爱。也许那时我还不是他们心目中的“好孩子”，但因为爱，他们也就纵容了我的嗜好。

1986 年，我家造了楼房，从此我有了自己的书房。因为没钱装修，所有房间都是一色的白壁，唯独我的书房贴上了墙纸。令我意外的是，书房里居然还站着一个高大的书柜，是我一直向往中的款式和颜色。听爸妈讲，那个书柜要 270 元，是他们几个月的工钱，妈妈嫌贵，但爸爸说孩子喜欢，就给她买吧。那时没有交通工具，整整 6 里地，爸爸妈妈就徒步把这个高 1.8 米、宽 1.5 米的书柜抬了回来。我悄悄地转身，不让爸妈看到我夺眶而出的眼泪。

在那间书房里，我度过了最快乐的读书时光。因为没钱买书桌，妈妈陪嫁的梳妆台就做了我的书桌，那一大块镜子便成了挂在我面前的一幅大自然的画了。春和日丽，轻轻推开书房门，等候在门外的阳光便急不可待地涌了进来，拉开画面的帷幕。一望无际的绿色作了背景，悠悠的蓝天，依依的白云，亭亭的小树，艳艳的菜花，袅袅的炊烟，乡村的一切让我的画绚丽而宁静。兴致来时，我会把大书柜里所有书都掏出来，铺满一地。我赤足挽袖，居中而坐，在春天里读书，读整个儿的春天。抬头远眺，春天摆在我面前；埋首书丛，春天装在我心间。春融融，乐亦融融。

就在那间书房里，我开始学习写诗。没有学养丰富的师长可以指导我，没有志同道合的朋友可以交流，纯粹是凭着一股痴劲整夜地瞎琢磨，买了很多诗集不停地看，不停地模仿，写了撕，撕了写。1989年高中毕业那年，我在中外中学生诗歌大奖赛中得了一等奖，诗作《古钟随想》被收进了《中国·中学生诗潮》。爸爸很高兴，汇钱去买了好几本诗集，他由衷地为我骄傲。

后来我走了一条不很循规蹈矩的人生之路，命运于是告诉我说："你不用做农民了，因为你太懒了，做不好一个农民。"于是，我做了一个靠写字为生的警察。但是，在我的潜意识里，我始终觉得自己本质上还是一个农民，像农民一样勤劳，像农民一样坚韧，像农民一样吃苦耐劳，只不过我耕种的是心田。

30多年里，我写了不少文章，也得过不少奖。我常选一些自己觉得写得不错的文章拿给爸妈看，爸爸常常会把刊有我文章的书和杂志带到单位去，又谦逊又骄傲地给别人看。妈妈一直在市区给妹妹带孩子，她硬生生地把我塑造成了外甥的偶像，外甥是听着我的故事长大的。妈妈很欣慰地说，外甥安静，爱看书，跟我小时候一模一样。我会不免"嫉妒"地想，为什么他爱看书从小就是"好孩子"，而我竟然要奋斗到今天才会成为爸妈心中的"好孩子"？

我有时也会写一些文章，故意用爸爸妈妈的名字发表，然后把稿费寄给他们。每当这时，他们会特别地幸福和满足，仿佛那钱不再是单纯的钱，他们会用有限的想象力赋予这钱无尽的含义，乐呵上很久。

而我，想到能够用至爱的读书嗜好，带给至爱的双亲以满足，也就感到幸福和满足了。

爱的出发和抵达

我的思乡情绪是被城市的过年气氛唤醒的。除夕将近，城市越来越空旷，道路越来越宽敞，行人越来越稀少，平时熙熙攘攘的城市一下子变成了一座空城。大批新移民和打工者仿佛不约而同地收到了城市的逐客令，潮汐一般涌向回乡的路。老家，父母，是吸力强大的磁铁，永远牵引着远方的游子。

每年这个时候，我就会特别想我的父母。说来惭愧，尽管同在一座城市，也就不到两个小时的车程，但一年之中，我回父母家的次数屈指可数。有时候是在忙工作，有时候是需要刻意保持一种写作的状态。一直很羡慕那些文思畅达的写作者，羡慕他们任何时候都能一挥而就。而我，似乎必须抛开一切，进入某种状态才能写，而最先抛开的，常常是与父母的团聚。我的父母是那种儿女至上的传统父母，一辈子都在为女儿着想。只要我打电话过去说我在忙，这个周末就不回去看他们了，他们就会说："没事，没事，你忙去吧，自己照顾好身体。"一周复一周，他们心里盼着我，嘴里说着让我宽心的话。

过年前，我特意回了一次父母家。母亲照例在厨房里忙个不停，父亲照例坐在客厅里看五星体育频道弈棋耍大牌。这样的画面似乎是标准化的场景，永远定格在我的脑海里，也是我想念他们时，最容易唤起的记忆。

岁末年初的探望，总是包含着总结和展望的意思，所以我总是愿意过得更有仪式感一些。吃过晚饭，我把自己一年的工作跟他们做一个系统的汇报。有些事情，其实平时也零星地跟他们说过，但每年年末，像总结报告一样归纳起来一并告诉他们，让他们知道自己的女儿在外面做了什么事，他们会高兴。父母物质生活无忧，带些好消息给他们，于他们是最好的年礼。

去年的工作按部就班，唯一让他们欣慰的是我得了两个写作方面的奖。我把获奖证书拿来，交给他们保管。于其他人，也许微不足道，但对于他们却是老怀堪慰的无价之宝。他们戴上老花镜一本正经地看，看完一言不发，没说好，也没说不好。似乎是不知道怎样表达，也似乎是羞于表达。他们的脸色一如既往地平静，就像无边无际的海洋，即使内心波涛汹涌，海面依然风平浪静。几十年来，他们习惯了把喜悦、悲伤、骄傲和爱都收纳进沉默而宽广的内心，有节制地、一点一滴地释放。然而，再也没有比他们的沉默更让我平静而安然的，我因他们的沉默而沉默，也因他们的节制而节制。成功也好，喜悦也罢，我只允许自己稍微开心一小会儿，然后一切归零，重新开始。年岁渐长，我渐渐体会到节制的好处。有节制的快乐，仿佛是可以储存的能量，用来抵御人生道路上未知的困难和不幸，如同精心收藏的一根炭火，可以在无依的冬夜里拿出来为自己取暖，照亮未卜的前路。从小到大，我从未听到我的父母当面表扬过我，但我知道，他们是为我骄傲的。

平时都是匆匆地来匆匆地去，很久没有仔细端详过我的父母，这一次，我近距离地看着他们，酸楚地感受着岁月对他们的伤害。他们的头发完全白了，平添了几分沧桑感。父亲的背有些佝偻了，无法挺直，无故地矮了一截。我问他们，身体还好吗？母亲说：“我还好，你爸住了两次医院，一次是发烧，一次是动了一个胆管结石清除手术。”我听了大惊，这都是什么时候的事啊？母亲说，一次是你去北京出差的时候，一次是你去贵州出差的时候，怕你分心，影响工作，就没告诉你。

我难受极了，所谓亲人，不就是要在彼此需要的时候给予对方心灵上的慰藉，否则要亲情何用？父亲看我难过的样子，责怪母亲多嘴，说又不是什么大不了的病，说它干啥。

相聚有时，每一次相聚，都是一次爱的抵达，我们在彼此的生命里盘根错节，我们在彼此的注视中找到爱的内容，我们为彼此蓄上亲情的力量。

离别的时候，父母眼中的留恋总是让我不舍。我告诉他们，接下来我会很忙，除夕之夜要增援基层，参加街面巡控，大年夜的团圆饭只好再次缺席。家有警察儿女的父母，大概都会跟我的父母一样，有骄傲，也有遗憾，每一次行动、每一次出差之后的平安回家就是给他们最好的安慰。

除夕前夕，我带着满满的亲情继续出发。

新年第一餐

我的老家在浦东南汇，饮食上保留着上海本地人的一些习俗。除夕之夜，各家各户都十分重视年夜饭，讲究丰盛繁复，讲究吃剩有余，讲究热闹排场。但是，大年初一的早餐却是十分简朴，然而又是十分讲究。迎新年的鞭炮一响，面对一个崭新的开始，上海本地人对一年的期许都在新年的第一顿早餐里。

大年初一一清早，母亲早早地起床，为全家做早餐。昨夜的年夜饭，照例会留下很多剩菜，或者说是为年节特意准备的菜，荤的素的样样有。但这些菜，大年初一早上都不会拿出来吃。母亲会取出节前准备好的红枣，煮茶煮饭。茶是红枣茶，红枣煮开后，连开水一起装入热水瓶里，等全家人都起床后，那红枣吸饱了水，一颗颗饱满晶莹，酥软甜蜜。早饭是红枣饭，用上好的大米，和着红枣一起煮。等到米饭熟了，白米的清香、红枣的甜香就会飘满整个屋子。红枣当然不会太多，多了就会喧宾夺主，它们只在白米饭间若隐若现，承载着点缀配色与调和味道的功用。

佐饭的菜也是精心准备的，数十年来，每个大年初一早上，我们只吃这一样菜。那是一盆青菜加粉丝。春节前后的青菜经过了霜打，正是最鲜嫩爽口的时候。绿油油的青菜，加上白白的粉丝，看起来赏心悦目，这是菜品中的小清新。

经过前夜大鱼大肉的“轰炸”，大年初一一清早的肠胃本来是有些懒洋洋的，于是清清爽爽的青菜加粉丝加上香喷喷的红枣饭，不由得让人食欲一振，胃口大开。

当然，作为新年的第一餐，好口彩是第一位的。红枣茶和红枣饭，寓意是红红火火，甜甜蜜蜜；青菜粉丝，寓意是清清白白，端正做人。第一碗红枣茶和红枣饭，母亲会端给灶神，让神灵保佑全家平安吉祥。第二碗，端给家里的长辈。

大年初一的早上，照例是不能睡懒觉的。我和妹妹幼年时，母亲会把我们叫起来，给家里的长辈奉上一碗红枣茶。长辈们喝着红枣茶，一脸掩饰不住的笑意，一边说着吉利话，一边掏出红包分发给我们。等到我和妹妹的孩子渐渐长大，我们也会在大年初一的清晨，把他们早早叫起来，给长辈奉上红枣茶。简简单单的饮食传承，蕴含着上海本地人的价值取向——尊老爱幼、清白做人。

一年又一年，我们都在这样有仪式感的早晨开启崭新的一年。如今，老家的房子已动迁多年，但每年的大年初一，我们全家仍会喝红枣茶，吃红枣饭和青菜粉丝，始终记得，新的一年，生活要红红火火、甜甜蜜蜜，做人要端端正正、清清白白。

第五辑　为漏雨的世界打上爱的补丁

为漏雨的世界打上爱的补丁

第一次看到这一家人时，你看到她们的世界是摇摇欲坠的。

她们家的房子是摇摇欲坠的，有气无力地趴在白马水库旁的小山坡上。墙上长满了青苔，无声地记录着岁月的痕迹。室内昏暗而狭小，房屋的主梁已被蚁虫蛀空，几只虫子旁若无人地在梁上钻进钻出。几串不知道哪一年的老玉米挂在梁上，落满了灰尘。最骇人的是后墙，墙面已经歪斜，墙体已开裂，几块原本紧密排列在一起的石头，似乎急于逃离这堵无望的墙，朝着各自的方向松散开来。虽然布依族人世世代代依山靠水，建的房子大多朴素，但从来没有像这栋房子让你如此惊心。

摇摇欲坠的还有她们家风烛残年的曾祖母，85 岁高龄，身高不过 1.4 米，体重不到 30 公斤，戴着大大的布依族帽子，衬得头颅越发地显小。脸小，黑而瘦，刻满了深深的皱纹，一只眼睛已经失明，另一只眼睛也暗淡无光。脸上的神色十分哀苦，似乎还有一丝倔强，想要尽力保护她的孩子们，但终究因为年迈体弱而显得力不从心。

三个女孩依次站着，大的叫小真，13 岁，老二叫小美，12 岁，最小的叫小蕊，4岁。三个孩子都矮小瘦弱，惶恐不安地打量着眼前的陌生人。4岁的小蕊似乎还没有来得及被笼罩着全家的愁苦浸透，灵动的眼波是这个家里唯一的生机。

村里的妇女主任说："小蕊刚出生时，她父母看到又是一个女孩，差点把她扔进白马水库。"看着这个死里逃生的孩子，你心疼极了，蹲下身来想要抱抱她。小女孩瑟缩着，本能地往曾祖母身后躲。可是又能躲到哪里去呢？曾祖母自己也像一堵随时会倒塌的危墙，又能给她多少庇护呢？

这一刻，你对孩子们的父母充满了愤恨，是他们的自私和不负责任，让老人和孩子们陷入了无依的困境。重男轻女的孩子父亲，在小女儿出生后不久，抛下一家老小，离家打工，至今音讯全无。孩子的母亲，不愿意被家庭的重负给拖累，抛下三个女儿改嫁了，那时小蕊才8个月大。孩子的祖母为了补贴家用，爬到树上去采摘野果，不慎从树上跌落，撒手西去。从此，风烛残年的曾祖母与三个年幼的孩子相依为命，靠着上山挖野菜，靠着政府救济，艰难度日。

那一日，你的心一阵阵疼痛。你是一名爽朗明快的女警，向来以男孩子性格著称，但这一刻，你只是一名内心柔软的母亲，因为深爱着自己的孩子，所以推己及人，但愿所有的孩子都能在爱的怀抱里成长。你是如此迫切地想帮助她们，你恨不得把自己身上所有值钱的东西都拿出来送给这一家人，恨不得让年迈的老人立刻卸下重负，恨不得让孩子们立刻喜笑颜开，然而，这一家人就如同冻了太久的冰，哪里能够立刻融化呀？

回去的路上，你流了一路的眼泪。你知道，小蕊一家的命运已经与你休戚相关了，你不会眼睁睁地看着这一家人继续在困境中挣扎，你不会眼睁睁地看着这个摇摇欲坠的家倒下。这与其说是你所承担的社会角色要求你有所作为，不如说是因为你从来就是一个心怀悲悯的人，扶危救困是你从内心自主生发的道义力量和精神取向。

从此，白马水库旁那个风雨飘摇的家成了你每天的牵挂。每个星期，只要一有空，你就去看看老人，看看那几个孩子，你像母亲一样为她们操着心，天冷了担心她们会不会冻着，过节了担心她们有没有肉吃。

你看见孩子们脸上的戒备一次比一次少，笑容一次比一次多。特别是眉清目秀的小蕊，笑起来的样子可爱极了。这个对母亲没有一丝记忆的孩子，从心底里把你当成自己的母亲，每次只要你一走近白马村，小蕊就会远远地飞奔过去，扑进你的怀里。她喜欢依偎在你怀里，摸摸你的头，摸摸你的脸，在你身上蹭来蹭去，有时候还会趁你不注意，在你脸上猛地亲上一口。你搂着她，希望能让这个从小就缺爱的孩子多感受一点儿母爱，多一点儿，再多一点儿。

在凄风苦雨里长大的小真和小美，最能够体会到你带给她们的温暖。她们记得，在她们缺衣少食的日子里，是你，一次次踏进她们家的寒门；是你，像母亲一样，教会她们整理房间，把居所打扫干净；是你，有空就陪着她们说笑，让她们在交流中渐渐敞开心扉；是你，多方联系，为她们家落实低保政策；是你，在她们相继患上腮腺炎之后，一次次带着她们看病；是你，在她们小学毕业后，寻求多方支持，让她们进了镇宁一中住读；是你，在开学第一天，特意过来接她们到学校报名；是你，亲手为她们整理床铺，铺上床单。当同寝室的同学羡慕她们有一个警察妈妈的时候，她们向来自卑的心充满了自豪和骄傲。这两姐妹在学校填写表格时，家长一栏里都填上了你的名字——“韦兰”。

在帮助小蕊一家的过程中，你发现还有不少孩子也像小蕊她们一样，长期得不到父母关爱，生活在爱的荒漠里。他们有些是留守儿童，有些是贫困家庭的儿童，还有一些是被收戒吸毒人员家庭的特殊儿童。

你想起前几年发生在邻市毕节的留守儿童惨案，就觉得一刻都坐不住，必须把这些孩子救出困境。你觉得这是你作为一名警察的职责所在，也是道义所在。你把这些孩子一个一个纳入了自己的关爱视界，护在自己的羽翼底下，给他们温暖，陪伴他们成长，你成了16个留守、困境儿童的“警察妈妈”。

冬去春来，那一日，你经过白马水库，看到白马水库的水位涨高了。这个水库看似貌不惊人，却与著名的黄果树瀑布有着极其紧密的关联，它是瀑布水量调控的中枢。等到夏天来临的时候，再有几场雨，这个水库的蓄水量还会猛涨，那时下游的黄果树瀑布也就蔚然壮观了。站在水库边，你似乎明白了白马水库给予你的无声启迪。是的，靠你自己一个人，能力毕竟有限，你也应该建一个爱的蓄水库，把全社会关爱的涓涓细流都汇入这个爱的蓄水库里，让那些缺爱的心灵得到持久而绵长的滋润。

你发出成立“爱心基金”的倡议后，得到了各界的支持和热烈响应。在你的带动和牵头下，一股股爱的暖流正从四面八方汇集过来，越来越多的人正在以他们力所能及的方式，自发地投入到这些留守、困境儿童的受扶帮扶行动中来，捐款、捐物、看望、陪伴、照顾，以各种形式向他们传递温暖。

你把这些爱心人士带到白马村，带到果寨村，带到六马镇，带到福利院，把关爱的涓涓细流引向那些缺爱的心田，浇灌他们的心灵。你欣喜地发现，在越来越多的爱的滋润下，孩子们的世界一天比一天开放，他们的性格一天比一天活泼，待人接物一天比一天大方，他们在和外界的交往中，感受爱，学习爱，也交换爱。你相信，只要坚持下去，这几个孩子将来一定会拥有健全的人格，拥有阳光的性格，拥有健康的人生。

在众多的关注下，你一如既往地微笑着，朴素而踏实。你是一名优秀的女警察，在警校时，你拿过全校的散打冠军；在公安局，你干过刑事侦查，守过尸体；在派出所，你做过社区民警……但是你自己也不曾想过，有一天，你会以母爱的名义被世人关注。

从你的内心来讲，你其实并不愿意有更多的孩子叫你“警察妈妈”，因为那就意味着母亲在这个孩子生活中的缺位。世上没有比母亲的抚爱更美好更深沉更无私更真切的感情，对一个孩子来讲，再也没有比缺少母爱更为不幸的事了。你知道，即便你再爱那些孩子，再尽心尽力地为那些孩子遮风挡雨，但那种通过血液通过遗传通过生命的通道产生的骨肉亲情，是你再努力也无法给予的。

你能做的，就是尽自己所能，给那些陷在困境里的孩子多一点儿关爱，让阳光照进他们阴暗的屋子，让他们摇摇欲坠的世界得到有力的支撑。如果母爱在他们的生活中缺位，你愿意做他们的“警察妈妈”，你愿意以母爱的名义，为他们漏雨的世界打上爱的补丁。

天柱盲警

天柱县是贵州省黔东南州的第二大县，位于黔东湘西结合处，是川渝黔通往广东、广西和江浙等地的重要门户，素有“黔东第一关”的美称。天柱县城的东郊，有一天然石柱，几丈高，取名“石柱擎天”，天柱县城由此得名。

十月底，我受全国公安文联派遣，前去采访二级英模张秀昊。那里的天气很古怪，前一天还风和日丽，第二天气温突降十几度，又是风又是雨，寒气直往骨子里钻。

这天，我们约好了去张秀昊的父母家采访。陪我去采访的指挥室秦主任因为单位临时有事耽误了，所以我们比原定的时间迟到了半小时。

张秀昊的父母退休前都是天柱县民族中学的语文老师，住在学校的家属楼。走近家属楼，远远地，就看见张秀昊站在大楼的楼梯口。只见他梳着干干净净的短发，穿着一套整洁的警服，脚上的皮鞋擦得很亮。他笔直地站着，像来自某个仪仗队，庄严而帅气。他的脸微微地上扬，似乎在仰望，又似乎在凝神倾听。一副宽大的墨镜在他白净的脸上，给人一种很酷炫的感觉。当然，他不是在扮酷，他手执盲杖，是一个盲人，一个盲警。

18 年前，时任天柱县公安局凤城刑侦中队长的张秀昊，为保护群众和战友安全舍身排爆，不幸被犯罪分子自制的炸弹炸成重伤。昏迷了三天三夜后，他苏醒过来，但是双眼却永远失去了光明，左手被炸断，右手也仅残存两个手指。那年，他才 26 岁。

风很大，雨很密，但他一直笔挺地站着，站了很久。他是在等我，等了半个多小时。即便眼睛盲了，但他仍然不愿意失了礼节；即便身有残疾，他依然保持着体面和尊严。

他迎接我，喊我“陈老师”，声音异乎寻常地洪亮，那是因为爆炸导致他的双耳耳膜穿孔，他的听力只有正常人的一半。

他和我握手，握我的手只有两根手指，但手掌宽厚而温暖。

家属楼的楼梯设计得很人性化，每一个台阶都宽而缓。不用我们搀扶，张秀昊一边跟我寒暄，一边在前头带路。他的父母家住在四楼，从一楼到四楼，楼梯拐了六个弯，一共 48 级台阶。这个楼梯张秀昊不知走过多少回，在熟悉的环境里，他走得很自如，抬脚，上楼梯，拐弯，进门，每一个动作都稳稳当当，跟我们几乎没什么区别。

张秀昊一家是侗族人，但他父母家里的陈设、生活用品跟汉族人没什么两样。张妈妈跟我说话时很照顾我的听力，普通话讲得很好。爆炸发生的那天，她正在家里带张秀昊不到周岁的儿子，突然有人来家里，请她上车，把她带到了医院。她看到儿子血肉模糊的样子，当场就晕倒了。没有几天，她的头发就愁白了。

张秀昊的父亲去年生了一场病，治愈后记忆力严重衰退。他用很浓重的方言缓缓地告诉我：“我脑子不大好，很多事情记不住了，但是秀昊当年出事后的情景我还记得清清楚楚。”与母亲的感性不同，张秀昊的父亲强忍悲伤，一心想着要在精神上鼓舞儿子，让他有生活下去的信心和勇气。感谢苏联作家尼古拉·奥斯特洛夫斯基，他的那本《钢铁是怎样炼成的》曾经给多少困境中的人带来战胜困难的勇气，书中的主人公保尔·柯察金成了一个时代的精神偶像。这一次，张爸爸首先想到的还是这本书。他把书找来，一页一页地读给儿子听，以一个语文老师40年的修为读给他听，以一个父亲全部的爱读给他听，他期盼着他的朗读唤醒所有的神灵，庇佑他的儿子坚强起来，他幻想着他的朗读延展成无数有力的臂膀，托举起他的儿子挺立起来……

在儿子面前，他永远都是一副镇定自若的样子，似乎在告诉儿子，有爸在，一切都会没事的。但是，有一天，他在上厕所的时候，突然想到儿子只剩下两根手指，将来连上厕所都需要别人帮忙，后面几十年的人生之路该怎么走啊，不禁悲从中来，放声大哭。那一通长哭，如山洪，如海啸，让他积压在心底的悲怆奔泻而出，足足哭了半个小时后，他才擦干眼泪，振作精神，重新走进儿子的病房。

让父亲欣慰的是，他的儿子张秀昊最终坚强地站了起来，凭借着顽强的意志力，克服了常人难以想象的种种困难，逐渐适应了残疾生活，并且刻苦自学，熟练掌握了电脑技术，于2007年重返工作岗位，目前是天柱县公安局110指挥中心唯一的带队民警。1999年，张秀昊被评为二级英模，受到了中央领导的接见。2012年，他被评为第三届全国我最喜爱的人民警察。他是英雄，是当代“保尔”，是天柱县公安局乃至贵州省公安厅整个公安队伍的楷模，引领着整支队伍走在时代前列。

天下父母，最根本最朴素的愿望还是“唯愿吾儿愚且鲁，无灾无难到公卿”。18年光阴，荏苒而逝；18年风雨，甘苦自知。他的父亲，如今已经80多岁了，尽管他的记忆力正在不可逆转地越来越衰退，但他还是清清楚楚地记得儿子一路走来的艰辛和不易。他告诉我：“秀昊在学会电脑前，是不开心的。”

是的，张秀昊当年的不开心是可以想见的。当所有的伤口都渐渐愈合，所有的褒奖和关注都渐渐淡去，真正直面残疾人生活时，他才知道原来自己要面对的困难比预想的要大得多，不是仅仅靠意志品质就能克服的。每天都是漆黑的夜晚，长夜的后面还是长夜，永远等不来天亮，永远被滞留在命运的深谷，永远等不来救援。每当夜深人静的时候，张秀昊都难以入睡，他焦虑，他绝望，他暴躁，他甚至一度觉得生无可恋。

张秀昊的父母和妻子看在眼里，痛在心里，如果可以，他们都愿意把眼睛捐给张秀昊，甚至那个被判了死刑的犯罪分子，临刑前也为误伤了民警而痛悔不已，愿意把眼睛捐给张秀昊，让他重见光明。但是，张秀昊伤到的是眼球的玻璃体，视神经也全部破坏了，永无复明的可能。

张秀昊的父亲还是想用保尔·柯察金激励儿子，说，你写吧，你小时候语文基础很好，我相信你可以成为一个作家。要想成为作家，当然首先要解决一个书写的问题。父亲和单位领导把张秀昊带到盲校，但是盲校老师一看，张秀昊左手已截肢，右手只有两根手指，说，学习盲文要靠十指的触觉去摸，他只有两根手指，根本没有学习的条件。

张秀昊不想让父亲太失望，说，盲文学不成，那我就试着自己写吧。但是，哪有那么容易啊？在平面的纸上，完全找不准方位，一写，所有的字都挤到了一堆，根本无法辨认。父亲苦思了几天，找来几张硬纸片，在上面刻上凹痕，让儿子再试试……

试试，再试试。失败了，换一种方式再试。尽管很多尝试看起来是徒劳的，也没有听说过其他盲人有成功的先例，但张爸爸始终相信天无绝人之路，他心中永远有一个信念，他的儿子终有一天会把他内心的所思所想自如而流畅地书写出来，他会成为一个自强不息的作家，一个永不言败的勇士，一个不向命运屈服的强者。

坚强的父亲和坚强的儿子，组成了抗击命运的强大组合，他们始终在寻找从困境中突围的途径，始终在寻找一条光明的出路。

终于，转机出现了。

2002年，大哥替张秀昊找到了一种可以帮助盲人上网浏览网页、阅读文章的电脑软件。尽管这套软件功能不全，使用起来很不方便，但是张秀昊一家看到了希望。2004年，张秀昊终于通过媒体发现了现在使用的这种盲人专用读屏软件，利用它可以上网浏览、聊天、收发电子邮件，更重要的是，还可以用它来打字，现代电脑及互联网的各种功能盲人都能够借助它使用。就像当年哥伦布发现了新大陆一样，张秀昊为这一新发现激动万分，他又重新能够读书，能够了解外面的大千世界，能够写自己想写的东西了！

然而，虽是盲人软件，操作起来一样要十指敲击键盘，用自己仅存的右手中指和无法伸直的右手小指能够做到吗？转念及此，张秀昊不禁有些恐惧，他真怕这刚刚找到的一丁点儿希望也被残酷的现实碾碎。还好，经过详细咨询了解，他终于确定，虽然有些不方便，但他基本上可以操作这套软件。

两天后，张秀昊在家人的帮助下买来了电脑，一个星期后，又收到了那套软件。张秀昊说："从此，每天除了五六个小时的睡眠和吃饭时间外，我都坐在电脑前孜孜不倦地学习。我用残缺的半节拇指和食指去配合中指、小指来按键，遇到用残缺手指不能兼顾的时候，就用嘴咬住一支铅笔去按住一个键，再用右手按其他键，也学着用中指一个键一个键地摸索着敲击出一个个字……"

熟练掌握电脑后，张秀昊用电脑写了很多文章，其中最让人感动的是那篇《儿子，爸爸在听着你长大》。

能熟练利用读屏软件打字写文章之后，张秀昊萌生了重返工作岗位的念头，特别是听到单位领导有一次无意中说起警力奇缺，更坚定了他重返警队的决心。看到张秀昊连打三个申请，态度十分恳切，天柱县公安局的领导班子经过郑重商议，最终同意了他的申请。

2007年11月，张秀昊在失明了9年之后，重返工作岗位。对于张秀昊希望重返工作岗位的意愿，张秀昊的妻子、父母和儿子都非常支持，他们还主动承担了轮流接送张秀昊上下班的任务。看着笑容一天天重新回到张秀昊的脸上，家人也一天天卸下了心中的重负。

如今，张秀昊已连续工作了9个年头，他越做越得心应手，越做越有信心。张秀昊的家人为他取得的成绩而骄傲，更为他重新找回了生活的目标而高兴。

在张秀昊父母家采访的那天，我没有见到他的妻子和儿子。张秀昊说，妻子李兰这几天正在病中，儿子宇宇正在上海读大学。

说起宝贝孙子，张秀昊的父亲说，宇宇是秀昊的命根子，是他的全部。

听到这句话，我忍不住流下了眼泪。是的，宇宇是秀昊的命根子，而秀昊又何尝不是他父亲的命根子呢？

当年张秀昊深陷命运的低谷之时，他的父母、妻子、儿子给了他强大的支撑，如今，他的父母逐渐老迈，他的妻子体弱多病，他的儿子正在成长，张秀昊再一次感到重任在肩，他必须强大起来，成为全家人的精神支柱，就像他父亲当年一样。

我突然想起当年秀昊爸爸那一场痛哭，就问张秀昊："爸爸当年担心你无法独自上厕所，现在这个有问题吗？"张秀昊大概没有想到我会问这么八卦的问题，大笑，说："完全没有问题。那是因为我父亲对残疾生活不了解，所以才会担忧。就算那些残疾程度比我严重的人，日常生活也大多能自理。"他开心大笑的样子感染了我，我也忍不住笑了。

秦主任在一旁说："陈老师，你加一下秀昊的微信，以后有什么需要补充的，你们可以直接联系。""还有微信啊？"我很好奇，扫了他的二维码。张秀昊用左手的残肢把手机抬到耳边，用右手的手指划动手机屏幕，他的手机就发出速度很快的语音报读。秦主任介绍说，秀昊的微信操作得可熟练啦，他还每天把当天的接警情况汇总起来，通过微信发给局领导和相关部门负责人。

从此以后，我的微信朋友圈里多了一个特殊的盲警好友，并且时不时地会去我的朋友圈里点赞。

采访结束，张秀昊把我们送到楼下，站在楼梯口，挥起右手向我们告别。他久久地站在天柱骤然而至的冷风冷雨里，像哨兵，像雕像，像松树，挺拔而且高大；像天柱县城东郊的石柱，突兀峻拔，凌云擎天，傲然屹立于天地之间。

把这一天过成生日

每年的6月22日，小温都要和他的战友老孙、小田、小刘热热闹闹地过生日。这不是小温身份证上的出生日期，而是小温和他的战友差点没命的日子。这一天，是他们生命中最刻骨铭心的一天，这一天对于他们的意义，不啻重生。

小温是一名技术民警，主要从事案后取证照相、现场录像等影像技术工作。尽管他的工作也是侦查破案的一个重要环节，但他从来没有想过，有一天，他会与荷枪实弹的犯罪分子直接遭遇，那一次，死神与他之间，只有0.01秒的距离。幸运的是，这一次，命运把胜利给了小温和他的战友。也许是良好的职业素养为他们赢得了胜利的时机，也许是勇敢无畏团结一致的战友情意感动了命运之神，也许是年轻健康反应灵敏的体魄给了他们强大的力量，这一场短兵相接的殊死搏斗，小温他们赢了，赢得干净利落，赢得扬眉吐气，赢得令人自豪。

要知道，小温他们那天遭遇的歹徒是已经连杀了7人的杀人狂魔，他手持冲锋枪，一路狂扫，如果不是小温他们及时终止了他的杀人进程，不知还有多少人会命丧他的枪下。

这名杀人者名叫老范，时年60岁，是一名曾经受过良好军事训练的退伍军人，对枪弹的运用十分熟练。引发他杀人的动机是一起化工厂破产、分割财产引起的矛盾。某日傍晚，老范伙同其儿子，用铁棍将一名与自己持不同意见的经理打死。父子两人随即逃离现场。

晚上8时，小温和法医以及其他几名刑事勘查人员赶赴现场，照相取证。现场勘查和刑事照相工作完成后，大部分警察相继撤离，小温和少数几名刑警还留在现场，分坐在两辆面包车上稍事休息，等待警犬队的同事带着警犬过来，进一步勘查现场遗留的其他凶器和痕迹。围观的群众全部散去了，厂区里昏暗而寂静。

凶手老范、小范杀人后，本想逃往外地，回家收拾钱财准备逃跑之际，老范瞥见了刚刚出生不到一个月的孙女。一瞬间，他暗下决心，一定要保住儿子的性命！他自忖身负命案，在劫难逃，但是，现场有那么多目击者，如何才能保住儿子的命？办法只有一个，那就是杀死所有的目击者，然后自己饮弹自尽！

老范想罢，让儿子迅速离开上海，他自己从家里拿出一支霰弹猎枪，踏上了猎杀目击者之路。然而，目击者的人数有十几个，仅靠一支猎枪的威力是远远不够的。作为一个酷爱研究和收藏武器弹药的“民间军事迷”，老范深知武器的重要性。他把家里收藏的上百发冲锋枪子弹拿出来，决定去附近的部队抢一把与子弹匹配的冲锋枪。出门遇到一辆出租车，老范手起枪响，出租车司机成了他手下的第二个冤魂。

来到一个部队驻地门口，老范看到哨兵手里拿着的冲锋枪正好与自己的子弹匹配，没等两名哨兵有所反应，在几十秒之内就完成了杀死两名哨兵、抢下冲锋枪、驾车逃跑等一连串动作。

到了化工厂门口，老范又将工厂的老板、一名经理和一名保安杀死，另外一名保安以及老板的司机被他打成重伤。其他三名保安拼命地朝着厂院里的勘查现场跑，向还在现场的警察紧急求救："来人啊！有人杀人啦！"

此刻，在厂区院内，小温正在面包车内拷贝照片，察觉到情况异常，赶紧跳下车去，想观察一下情况，也提醒另一辆车上的同事注意。

凶魔老范看到院内有两辆面包车闪着警灯，知道还有警察在现场，于是驾着出租车，冲到警车跟前。夜色漆黑，车外的情况看不真切，车内的警察都不知道这辆急驶而来的出租车为何而来，谁也想不到一个杀人凶手会重返作案现场，更没人想到这个凶手的猎杀目标是现场所有的警察！

老范跳下出租车，左手端着霰弹猎枪，右肩背着冲锋枪，大步朝警车走去，正好与小温迎面相遇，两人相距不到 3 米。老范的左手上，黑洞洞的猎枪枪口直对着小温的胸膛。

小温愣住了，他是一名刑事技术警察，从警 6 年，从未遇到过与犯罪分子直接对战的经验。但小温只愣了 0.1 秒，他一看对面这个家伙目光冷硬，表情凶狠，立即判断此人就是凶手！

凶魔老范也只愣了 0.1 秒，随即抬起猎枪，果断开枪。

29 岁的刑警小温，英勇而无畏，反应快得如有神助，就在枪响前的 0.01 秒，小温如同一只敏捷的豹子，飞身跃起，闪电一样扑向歹徒！随后，一手卡住歹徒的脖子，一手拨开猎枪。只听到"呯"的一声枪响，一团炽热的烈焰从小温的身边擦身而过。两人纠缠在一起，在草丛里搏斗。60 岁的歹徒体力丝毫不比小温差，他一边拼命挣扎，一边试图抬起霰弹猎枪，再次开枪。

正在小温与歹徒相持不下之时，小温等到了战友的强力增援。他的同事——50 多岁的技术民警老孙，以及年轻的战友小田、小刘先后从面包车上纵身跃下，一起扑到老范身上，抢走他手中的霰弹猎枪。老范见左手的猎枪脱手，试图抬起右肩的冲锋枪，向刑警们射击。也许是因为歹徒是左撇子，并不习惯用右手开枪，也许是命运之神又一次把他眷顾的目光给了英勇的刑警们，只听“呯”的一声，第一枪打在了刑警田巍的腿上，第二枪“咔”的一声——冲锋枪卡壳了！刑警们一拥而上，将老范死死压住，成功地擒获这名杀人狂魔，终结了他的猎杀计划。

老孙拿起那支卡壳的冲锋枪，只听到“呯！呯！……”一串连环巨响，弹匣里的27颗子弹全部激射而出，原来歹徒已经把子弹调在了连发档。老孙对着小温说：“幸亏你把歹徒压在身下，冲锋枪压在地上，弹壳跳不出来，卡壳了，要不然这27发子弹连发，得伤多少人命啊！”

再看看小温身后的墙上，霰弹猎枪爆开了一个直径10厘米的大洞，要不是当时小温果断出击，这些霰弹就全打在他胸口上了。

一场大战，几乎耗尽了小温所有的体力和心力，等身心平静下来，他才感到一阵阵后怕。此刻，他特别想打个电话给父母，但一看时间已过了半夜12点，此刻打过去他怕会惊扰了父母。他想打给热恋中的女朋友，又怕吓着女朋友。他把手机里的通讯录从A一直翻到Z，这个电话一直没有打出去。

看看时间，已到了6月23日，小温和他的战友们一起，默默地抽了几支烟，相视而笑，庆祝他们捡回了一条命。在彼此的微笑里，他们懂得了什么叫战友之情，什么叫生死之交。

从此，他们把每年的6月22日过成集体生日。

我的警察兄弟

2013年5月至10月，受上海市公安局派遣，我到宁波市公安局挂职锻炼，做了半年派出所副所长。与我同去宁波挂职锻炼的是四位比我小半轮的兄弟，都喊我“阿姐”。这一喊，给我喊来了很多兄弟，他们挂职所在的业务支队和派出所的很多同事也都跟着他们喊我“阿姐”。我自己家里有四个妹妹，从小当惯了大姐，所以对“阿姐”的称谓颇有些自得，一度把微信的昵称也改为“阿姐”。当然，我有自知之明，喊我“阿姐”是因为虚长几岁，与江湖地位无关。

我们五人原先在不同部门工作，素不相识。现在同在异乡，我们每天在微信群里交流互动，经常结伴游玩，品尝当地海鲜，从陌生到熟稔，感情迅速升温，成了很好的朋友。四个兄弟都性格开朗，幽默风趣，相聚时常常戏话连篇，高潮迭起。他们都是在原单位独当一面的部门领导，聪明能干，又都个性鲜明。

一

阿洪是某分局治安支队的副支队长，在镇海分局某派出所挂职，他是我们此次去宁波挂职锻炼的组长。阿洪老家在崇明，身上颇有崇明人的豪爽和慷慨之气，因此交游广阔，朋友众多，交际才能十分突出。挂职锻炼期间，他的众多朋友、同学、亲戚从四面八方赶到镇海来看他，几乎每周都有接待任务。

一到镇海，阿洪的交际才能就充分显露了出来，立即与当地的所长、民警以及人民群众打成一片，人缘极佳。阿洪在某分局当治安支队副支队长前，曾当过派出所副所长，对派出所工作熟门熟路，十分得心应手，各项工作都能轻松搞定，因此所长、教导员都对他十分器重。在与当地派出所领导和民警的日常交谈中，他也把很多先进理念和经验灌输给了他们。当地大型化工厂非常集中，化工厂的安全保卫也是该派出所的主要工作之一。阿洪就经常顶着酷暑，带着民警们到各个化工厂进行安全检查，指导各单位做好安全防范工作。平时他住在派出所的警务站，其他所领导轮到值班时一旦有事，他是当仁不让的顶班人选，因此与所领导班子其他成员都十分交好。

当地某人据说亏欠了巨额赌债，四处借钱，某一日把主意打到了阿洪头上，向他开口借钱。之前曾有人向阿洪警示，叫他提防此人。阿洪明知钱款借给此人就是肉包子打狗，但他碍于情面，实在不忍拒绝，借了 5000 元给此人，后果当然如预料时一样，直至我们离开镇海时，那人都丝毫未提还钱之事。我们都为阿洪抱不平，为他设计了各种方案，想帮他讨债，他都说算啦，不要搞得大家难看，就当是在股市里交了学费。

说起在股市里交学费，阿洪的经历真是血迹斑斑、惨不忍睹，在他身上可以看到难得一见的中国股民财富快速缩水史。我们有时交流炒股心得，一致认为阿洪的性格优势在操作股票时倒成了致命的性格缺陷。其一是重感情。比方说，某只股票让他有所盈利，他就对该股产生了深厚的感情，该了结时拖泥带水，该离场时流连忘返，有时即便已经获利了结，但阿洪重情重义，不忍绝情而去，爱吃回头草，离场后看见该股略有下挫就重新揽入怀中。重情之人必定为情所伤，结果可想而知，他常常深深被套，受伤很重。其二是反应灵敏，当机立断。阿洪 24 岁就做了派出所副所长，长期领导派出所群雄处理各类治安顽症，养成了果断有魄力的作风。某日得到消息，某股预期可到某个价位，阿洪判断下来认为消息可靠，盈利空间巨大，立即投放该股，没想到该股不识抬举，不涨反跌，阿洪一见苗头不对，立即挥刀割肉。在残酷的股海里，阿洪屡战屡败，屡败屡战，只有教训，没有经验，如此几次三番，眼睁睁地看着他辛苦积累的财富在股市里日见缩水，兄弟们能做的，就只有这样规劝他："大概老天看你实在是做领导的好苗子，不舍得让你误入歧途、自毁前程，所以看似让你亏损，实则是挽救你，你还是安心走仕途吧。"

他听了规劝，果断收手，远离了充满铜臭的无情股海。回到上海后，他一心一意为地区的长治久安发光发热。不到半年，他的才干得到相关领导赏识，升任某派出所教导员。某峰会安保工作期间，他以高度的责任感，亲自驾车率队对两名通缉在案的逃犯围追堵截，最终成功抓获归案。他的这一战绩极大地鼓舞了士气，他的果敢和英勇受到市公安局领导的高度赞扬，并荣立了三等功。

对他取得的成绩，我一点儿也不意外，以他的才干，他可以做出更多的业绩。

二

阿乔是某分局网安支队的副支队长，在镇海分局刑侦大队挂副大队长一职。

阿乔的性格实在是可爱之极。某一日，我和另一位兄弟阿唐看一则《十二星座抢银行》的微信，其中双子座的表现最另类。这个双子座本想去抢银行，冲进银行门口，突然看到一个美女，马上打消了抢劫银行的念头，就和那美女亲切攀谈起来，聊得热火朝天，一直聊到下班还依依不舍，最后约好第二天一起去喝咖啡。阿唐兄弟看后哈哈大笑，说："阿乔一定是双子座，太典型了。"

一问，果然。

初识阿乔的人会认为他好色，其实不然，阿乔只是对美女有一种天然的好感，遇到他心仪的美女，阿乔的热烈不啻野火烧着了旧茅屋，真是不堪收拾。某晚凌晨 1 点，我正在熟睡中，突然被微信讯号声吵醒，打开一看，微信来自阿乔："姐，我快疯了！某美女从不打扮，居然可以这么美，我快疯了！"阿乔当晚刚刚和该美女共进晚餐，被其美色深深打动，但似乎该美女并不为之心动，阿乔黯然神伤，忍不住吟道："墙里秋千墙外道，墙外行人，墙里佳人笑。笑渐不闻声渐消，多情却被无情恼。"虽说是引用了东坡先生的词，但看得出来，阿乔的忧伤如才子，文才如才子，风骚亦如才子。我怕阿乔为情所伤，忍不住劝道："淡定，淡定，好歹也是大都市出来的。"阿乔还在感慨："她从不化妆，居然可以这么美，姐，我怎么办呢？"还能怎么办呢？似乎除了劝其发乎情而止于礼，也别无他法。我只能这样回复："冲个冷水澡，洗洗睡吧。"心里也不禁好奇，该女子能让阿乔如此痴狂，其美色必定达到峰值了吧？后来亲眼看见该美女，我和众兄弟一致的意见是："至于吗，好像也不过如此。”阿乔缺乏那种小火慢炖锅的韧性和持久力。有过几次这样的经验后，我们得出一个结论，其实阿乔只是迷恋于当时自己迷恋该女子时的感觉，或者说他只是陶醉于自己陶醉时的表情。他的神魂颠倒是真的，他的语无伦次是真的，但真的仅此而已。

有阿乔在的聚会，常常是最热闹的聚会，不知不觉中，座中局势就会从群雄纷争变成阿乔一人舌战群儒，最后变成阿乔的单人脱口秀。阿乔的表达能力极强，既讲究叙事结构上的宏大开阔，也讲究细部的着意刻画，张弛有度，扣人心弦，一件极平常的事情，经过他的描绘，就会变得跌宕起伏，扑朔迷离，大家都会跟随着他迂回曲折的描述，经历一次神奇的听觉探险。那里有云山雾罩危机四伏的悬念，有人困马乏令人揪心的艰难险阻，有如草蛇灰线般的隐秘线索，有百折不挠的坚持和努力，最后终于在阿乔的语言里到达了柳暗花明、豁然开朗的境地，于是听者无不如释重负，开怀大笑。有一次，阿乔向前来宁波探望他的同事叙述一件我遇到的小事，其实我也只是简单说过一次，但一经阿乔复述，居然那么精彩有趣，种种细节宛如亲历，不，比亲历还生动。但见叙述者指手画脚、绘声绘色，聆听者全神贯注、如痴如醉，而我这个事件亲历者，只有呵呵傻笑，宛如旁观者。

阿乔并不是在每个场合都十分活跃，他的活跃度、发挥度以及他的酒量往往根据座中出席人员情况而变化。如果在座只有兄弟没有姐妹，那么阿乔可能会独坐一隅开开小差；如果座中只有姐姐没有妹妹，那么阿乔的表现就会中规中矩，偶尔会有可圈可点之处；如果座中妹妹容貌出众或者属于阿乔特别中意的类型，那么阿乔的那种兴高采烈手舞足蹈真的是让我词穷，估计也只有“人来疯”三个字略微能形容一二了。

写了那么多，只是写了阿乔活泼的一面，主流性格特征没有写到。阿乔其实是一个极勤奋极敬业的干将，这样的人随便到哪个单位去工作都会很受欢迎。阿乔在分局当副支队长前，曾在分局刑侦支队材料内勤的岗位上锻炼多年，因为刻苦耐劳成绩斐然而受到提拔。一到宁波，阿乔立即被分局刑侦支队要了去，委以副支队长重任。其时分局正在开展打击电信诈骗的专项行动，刑侦支队教导员空缺，又正值分局在搞“队伍建设年”，阿乔来了正好顶上，既要抓队伍，又要分管打击电信诈骗专项行动，一时间忙得不亦乐乎。我们还在挂职单位熟悉情况的时候，阿乔那里已经屡创佳绩捷报频传了。一会儿听说阿乔撰写的有关电信诈骗的调研文章被市公安局录用了，一会儿听说阿乔主持上报的“队伍建设年”简报得分高居分局榜首了，一会儿听说某个一直悬而未决的积案在阿乔到任后胜利告破了……一时间，阿乔的事业干得风生水起，在为上海挂职干部树立良好形象的同时，也毫不犹豫地把我和其他兄弟挤到了陪衬的位置。某日，听到分局同事盛赞阿乔文笔是我们几个当中最好的，说实话，我在僵硬的笑声掩饰下，心中还是略微有些失意的，毕竟自忖自己曾被称为最会写的上海女警之一，也曾得奖无数。又过几日，阿乔跑到我办公室来，请我帮他修改一篇文章，他写的那稿未能通过，还需要完善，于是请我出山。自家兄弟的忙当然要帮，于是助他一臂之力，帮他顺利过关。经此一事，多少在小范围内挽回了一点儿面子，也听得出阿乔后来在喊“阿姐”时，稍微多了几分敬意。

回到上海后，许久没有阿乔的消息，后来听说阿乔卧底几个月，成功破获一个特大网络吸贩毒团伙案，惊动了公安部。阿乔打来电话，说：“姐，你来采访我吧，好好把这个案子写写。最好把我塑造成不受女色诱惑、大义凛然的那种英雄。”我想了想，他是去涉毒集团卧底，不是卧涉黄团伙的底，怎么还有美色诱惑？就问他：“真遇到美色诱惑啦？”他哈哈大笑，说：“没有，真有美色诱惑我哪里抵挡得住啊！”

至于该案的真实情形，实在是惊险曲折，情节复杂，不是三言两语能够讲得完的，待我了解清楚后，再细细写来。

三

阿唐是某分局保密支队的副支队长，挂职岗位是宁波市公安局北仑分局对口单位的副支队长。

在我看来，阿唐是我们五个人当中最有智慧的。当阿洪在忙着与当地群众打成一片的时候，当阿乔在忙着组织刑队同志学习十八大精神的时候，当阿京正在忙着坐堂值班的时候，阿唐已经披着下午明媚的阳光，背起背包，徜徉在北仑的秀山丽水中了。他像一个微服私访的钦差大臣，考察的范围相当广泛，相当深入，也相当细致，包括当地的寺庙殿堂、宗教文化、风土人情、名人故居、自然风光、酒肆排档、民间美食，甚至是一些平常人考察不到的角落。我曾经玩笑着送他两句话——“享北仑风光，养浩然之气”。后来我发现，其实我错了。阿唐用自己的双脚丈量着北仑的山山水水，走遍了北仑的大街小巷，真正融入了当地人民的生活，在与百姓的亲切互动中掌握了很多第一手鲜活的资讯和情报，几乎就在垂手之间就熟悉了当地的政治斗争形势，为确保北仑的政治安定和治安平稳贡献了自己的力量。他用他的洒脱和闲适告诉我们，我们其他几个人的忙碌是多么没有头绪没有意义；他用他的深入和脚踏实地告诉我们，我们其他几个人的挂职生活是多么表面多么浮浅。

挂职锻炼结束前一个月，我们开始准备各自的挂职体会，笑言阿唐大概最了然于胸的应该是当地的风土人情了，建议他写一篇游记代替体会文章。没想到，过了没几日，阿唐居然接到一个大任务，要求他短时间内准备一篇讲课稿，请他为某部队的全体指战员讲一堂课。如此高端大气上档次的任务，不要说我们没有干过，听着都觉得高不可攀，力有不逮。但阿唐毫无惧色，轻轻松松接过来，认认真真做准备，扎扎实实写讲稿，最后出色地完成了任务，取得了良好的效果。可见，阿唐平时的积淀是多么深厚，平时的思考是多么有深度和广度。

四

阿京是上海市公安局某分局某派出所副所长，挂职岗位是北仑分局某派出所副所长。

阿京是我们五个人中最辛苦的一个，半年下来，我们几个或多或少胖了点儿，气色也在宁波山水的滋养下红润了许多，唯有阿京，半年下来，日见消瘦，眉宇间多了不少深深的皱纹，似乎是印刻着一道又一道难解的治安难题，才 30 多岁，居然顶着一头苍凉的花白头发，叫人不由得心生感慨。某一日，阿京坐在上海去北仑的大巴上，两个年轻人看着阿京的背影，居然称呼他"老大爷"。唉！尊重人民警察也不能这样乱了辈分呀！

派出所里有 100 多个民警，承担的治安压力很大。2013 年夏天，在该地区发生的非正常死亡就多达 10 多起，光种类就有雷劈、溺水、触电、火灾、砸死、摔死等，每一起都让人毛骨悚然。阿京在这里做派出所副所长，其工作强度真的不是一般人能想象的。周五下午，我们可以回上海了，但阿京不能回去，因为还要加班。我们可以周一一早从上海出发，8 点半前进单位就行，但阿京不行，必须周日晚上赶回来，因为周一一早他们有政治学习。我们几个定好了聚会的时间，但阿京常常会临阵缺席，因为又接到了紧急任务。某一日，我和阿唐开车去接他，车子到了约定的地点，却四处不见他的身影，道旁只有一个蜷缩着的身子，低低地蹲在地上，仔细一看，原来是阿京兄弟。他已经太累太累，站都站不动了。看到他如此忙碌，如此辛苦，如此疲惫，真是为不能替兄弟分忧而惭愧啊。

唯一值得欣慰的是，阿京的手下有个漂亮女警叫茗茗，是个留学归来的海归女警，极有灵气，性格也十分讨人喜欢，后来成了我们五个人共同的好朋友。因为有了这样可爱的手下，阿京繁忙而烦闷的挂职生活平添了一丝亮色，每日的大喘气中偶尔也夹杂着几声响亮的笑声。

晓雅的声音

晓雅的声音很甜，但不腻，像岩石上潺潺流动的清泉，清新，甘甜。听她的声音，如同疲惫的旅人终于找到了一汪清泉，解渴，熨帖，是可以洗去身心疲惫的，是可以解除全身铠甲的，是愿意让心稍做停留的。

晓雅的声音很软，但不娇，像晒在阳光里的棉花，厚实，柔软。听她的声音，可以听到声音背后关切的心，以及微笑的脸。这样的声音，是用善意筑底的，是将心比心的，让人愿意倾诉，让人信任。

晓雅是用声音工作的人。她是上海市公安局 110 报警服务台的接警员，从 2004 年入职以来，她已经用声音工作了 14 个年头。

14 年间，晓雅接了几十万个报警电话，始终保持零投诉、零失误。上海“110”一天的呼入量是 3 万余起，一个接警员平均每一分半钟就要接听一个电话。一个电话，就是一个警情；一个电话，联结着一个焦虑的报警人。

晓雅深谙报警人心理，她说，大部分报警人拨打电话时，都处于紧张、恐慌等负面情绪之下，接警员首先要做的，就是用声音去安抚、温暖他们，让他们感受到你的真诚。

为此，她提出了“黄金二十秒”接警法则，就是把握好刚接起电话的那 20 秒，与报警人建立良好的信任关系，为开展后续询问工作，甚至警情处置奠定基础。晓雅说：“他信任你了，就什么都愿意告诉你，也就愿意按照你说的方法去尝试。”

某日，晓雅接到一个报警电话，只听见电话那头的男子高声叫嚣着：“我要杀人啦！你们 110 怎么搞的？……”一看系统显示，该男子短时重复报警已达 10 余次。

晓雅知道，一个被愤怒挟持着的人很容易失去理智，接听这样的电话一定要慎之又慎。晓雅懂得，一部电话代表着公安机关的一个窗口，她也懂得，要以人心换人心，以善意化解暴戾。

晓雅温和地说，“您一定是遇到什么困难了吧？要不再和我说说，看我能不能帮到您？”

报警男子激动地说了一长串话。原来他因劳务纠纷拿不到工资，打了 110 报警电话，民警到场了解情况后，告诉他，此事应找劳动局处理。他恼恨民警不作为，就一次次拨打 110。

晓雅耐心地倾听着报警人的每一句话，不时回应：“不要急！慢慢说！我在听。”

报警人终于说完了他的委屈，晓雅说：“其实你们这些外来务工人员确实挺不容易的。”

这句话说得很轻，但落在报警人心头却很重，因为他知道，他的委屈有人在听，他的麻烦有人理解。

他沉默了几秒，继而轻轻地说了一句：“对不起，我这几天心情不好，态度差了点，我不该骂警察。是拖欠工资的黑心老板坏，不是警察不好。”

解开了心结，沟通就顺畅了。晓雅用“骨折不能看内科”打比方，解释了为什么警察处理不了劳资纠纷，鼓励他通过职能部门去维护自身的合法权益。结束通话前，报警男子由衷地道了一声“谢谢”，之后，没有再打过 110。

沟通可以很难，难到面对面，眼睛却看不穿你的心；沟通也可以很简单，简单到单凭一根电话线，声音就可以传递一份温暖。

10 多年间，晓雅从一名普通接警员，成长为小教员，成了新接警员的师傅。为了让新手们快速成长，她动了很多脑筋，教给他们业务技能，更多的是想方设法，让他们始终守住心底的那片阳光。她知道，接警员在岗的每一分钟，都在直面紧张、暴躁、愤怒、叫嚣和苦闷等各种负面情绪的侵袭，如果没有强大的心理防御机能，很容易被击垮。

为了帮助小伙伴们守住心里的阳光，晓雅把 13 年来保持零投诉、零失误的小诀窍梳理成“阳光手册”分享给大家。她教新晋宝妈小鹿随身带着宝宝的照片，休息间歇拿出来看看，就能满血复活；她拉着被报警人投诉的芝麻一起去嗨歌，狠狠地唱了一晚；她买来的减压充气锤、小玩具，被她们蹂躏了千百遍，换了一批又一批……

在她的带领下，一批又一批接警员都在用与晓雅一样的声音说：“你好，这里是 110 报警服务台。”

年鉴老人

他们参加公安工作时，我还没有出生；他们退休时，我还没有调到公安局来。本来应该一生都与他们擦肩，但注定与他们有缘，我和他们的缘凝结在年鉴里。能够和这些可敬的老人共事，是我人生中的宝贵财富。

1988 年，第一本《上海公安年鉴》在他们的手下诞生了，这是全国公安系统编得最早的专业年鉴。此后，一年一本，到 2005 年底，他们一共编了 18 本。18 本年鉴排列在一起，不是很长，放在历史的长河中更是毫不起眼，但这些年鉴凝聚了他们 18 年的心血，占据了他们生命中四分之一的大好光阴。

年鉴是安静的，陪衬的，不招摇，不喧宾夺主，然而又是十分有意义的。全市 4 万多名公安民警 365 个丰润的日子，被删除了所有的枝枝蔓蔓，压缩进了薄薄的 600 多页里。岁月在不断前行，数不清的小事被我们丢弃在走过的路上，能够被记录下来载入年鉴的，都是我们不该忘记的人和事。因为年鉴的存在，很多年后，我们的后人可以看到公安机关和公安民警当年存在的形态，知道一代又一代公安民警曾经为社会发展做过的努力，可以看到他们的贡献，也可以看到他们曾经走过的弯路。以史存照，以史为鉴。

18年来，编年鉴的几位老人始终默默无闻地工作着，忠实地把历史记录下来。他们对工作的认真态度和为人的坦荡始终让我难忘。

陈关福老师可以算是我的师父，从一开始编写年鉴、撰写大事记，都是他为我修改，给我指导。听一些老同事讲，老陈曾经做过市局办公室副主任，年轻时精力旺盛，非常能干。但现在，他的听力坏了，带着助听器，总像是沉浸在某种美妙的天籁之中，无声地落寞地坐在各种热闹场面的外围。常常我们谈了很多，然后他突然想起什么事来，大声地发问或者发言，引得大家一阵善意地大笑，因为这个问题我们之前已经说过了。笑过之后，我会一阵心酸，因为有声有色的世界已经对他关闭了一扇窗。有时看到他红光满面，我会大声地对他说："老陈，你最近气色很好。"他听到后，就会朗朗地笑，大声地说："看样子短时间内还不会死。"他的乐观开朗让我深受感染。

然而，即便听力已经严重受损了，他工作起来依旧干劲十足。每年年底，我们刚刚做好下一部年鉴的工作计划，他就急着找资料，开始编写大事记。最后定稿的大事记一般只有3万字左右，但编写起来工作量非常大，需要将一年内全局的重要工作、重要警卫任务、主要领导的人事任免、来访出访、重大案例等重要的事全部编写进去。为了防止遗漏大事要事，编写过程中一般都是先将范围适当放宽，然后再做删减，需要几易其稿。老陈将收集到的大事记载在一张张卡片上，然后一遍遍地修改、校对，不厌其烦。有时从不同的途径收集到的同一内容会有出入，老陈就会千方百计地查报纸、找资料，与最权威的记载进行对照，并提出来和同志们一起商议，最终确定该如何写。他的认真劲儿常常让我很感动。

凌荣生老师曾经做过市局政治部秘书处处长，在几十年的工作中养成了细致周到、条理清晰的工作风格。他负责全市19个分县局条目的编辑工作，工作量也非常大，每次需要与撰稿人商议条目的编写内容或是进行修改，一圈电话打下来就是几十个。有些撰稿人刚刚上手编写年鉴，在条目的选择上不能很好地反映本单位当年度的工作特色。老凌事先就会做很多准备工作，仔细阅读各单位的工作简报和工作总结，把那些可以写入年鉴的内容进行摘录，提供给撰稿人做参考。在他的辅导下，很多撰稿人提高很快，不少同志被评为优秀撰稿人。那么多单位的材料汇总上来，文字稿、盘片、照片一大堆，但经老凌的手一整理，就会整整齐齐、干干净净，上面还附有目录，让人一目了然。根据年鉴的工作流程，有些材料需要交给我打印或是拼版，老凌总是为我想得很周到，把他想到的、能做的、我可能在工作中碰到疑问的那些内容，用很工整的字迹写下来，随材料一并交给我。他处理那些纷繁复杂的材料和条目，总是让人赏心悦目，在我看来，那是一种很高超的工作艺术，这种高超的工作艺术源于对工作的一丝不苟。

陆冠群老师曾担任过大型史书《上海公安志》的副主编，在方志的编撰方面有很丰富的工作经验，经他修改编辑过的条目稿，文字简洁，资料翔实，重点突出。他性格开朗，热爱生活，尤其喜欢旅游，还和爱人一起报名参加了老年大学的旅游班。这些年来，他们夫妻俩走遍了万水千山，最远到过欧洲。两年前，他的爱人摔了一跤，行动很不方便。尽管如此，也丝毫未影响他俩的旅游兴致。每次出行，老陆总会脚蹬一双白色旅游鞋，脖子上架着一台式样已经过时的摄像机，兴致勃勃地把他看到的好景致一一摄录下来，还不时地对着摄像机哇啦哇啦地自言自语，为摄下的画面配上旁白。看着他的认真劲儿，我常常感到又好笑又感动，真希望我到他那个岁数时，还能像他一样保持着对生活的热爱。

秦雨水老师是“文革”前的老大学生，文字功底很深。她性情温和，待人真诚，未语常带三分笑，总是让人觉得特别亲切和温暖。可能天生富有亲和力吧，她在搞年鉴发行工作时，发行员们都很尊重她，她工作起来也就得心应手，发行量一度达到1万多册。

我从1998年开始加入他们的队伍后，一共跟随了他们8年。8年里，他们不仅教我如何编纂年鉴，也在潜移默化中教我做人的道理。对我，他们始终像对待自己的孩子一样，温言勉励，爱护有加。有时，我工作上出了差错，他们总是很大度地说："小陈手里工作太多了，情有可原。"和他们一起工作，我常常会感到一种被疼爱着、被呵护着、被信赖着的亲情。

真希望可以和他们一起把《上海公安年鉴》一本接一本无穷无尽地编下去，但是，历史无限，时光易逝，生命不可能停止衰老，工作精力也不可能永远旺盛。他们像是最尽心的父母，亲手把心爱的孩子抚养到了18岁。2005年，他们终于放下自己一生中最热爱的事业，安享晚年去了，但他们的心始终牵挂着年鉴。2013年的春节前夕，我陪年鉴主编沈伟基、副主编万凤高去看望病重的陈关福老师。过去一向精神干练的老陈已经被病魔折磨得有气无力了，还一再叮咛两位主编："《上海公安年鉴》是全国公安系统第一本年鉴，一定要好好编下去。"一个多月后，老陈就溘然长逝了。

历史很长，每个人只能有幸参与其中短短的一段，这几位可敬的年鉴老人也只负责记录其中一小段。剩下的，他们交给后来者。而我们这些后来者，总要把他们的火把传下去，努力不要让他们的事业和作风失传。

用我的文字挽留你

2018年是一个伤感的年份，太多的人留在了这一年，远的有霍金、安南、乔治·布什、李敖、单田芳、师胜杰、金庸、李咏、二月河……而我熟识的朋友、同事竟也在这一年走了好几位。

三月间，朋友打来电话，告诉我天津市警察协会的盛钟大哥因病不治，去了。我大惊，怎么可能？天天看他在朋友圈里开心地晒着小孙女、书法、农庄，一点都没有生病的迹象，怎么突然就去了呢？这一天，我一直恍恍惚惚，希望是误传。到了傍晚，盛大哥的儿子打来电话，抽泣着叫了我一声“姑”，我便知道，故人确实已去，不禁悲从中来，哽咽难语。

当夜，我久久不能平静，根本无法进入到我手上正在进行的写作中，眼前都是10多年间与盛大哥见面的一幕一幕。盛大哥与我都是在全国警察协会系统待得比较久的人，亲历了警察协会从兴盛到冷寂的整个过程，长期的交流与协作，让我们结下了深厚的友谊。他的突然离去，让我觉得失去了一位良师益友，失去了一位仁厚风趣的大哥。我必须要为他写下一些什么，才能让自己稍微好过一些。

于是，我一边流泪一边写，很快就写完了一篇题为《他在春天的山水里隐逸》的纪念文章。我配上了李双江的《送战友》，制作了美篇。在李双江沉郁深情的歌声里，我痛痛快快地为盛大哥哭了一场。

做好的美篇发出去后，阅读量一路飙升，很快超过了 5000，很多素不相识地读者在文后留言“老盛，我们想你了”“老盛一路走好”。

我想，盛大哥要是知道我为他写了纪念文章，他会高兴，会像以前那样夸我。此刻，我庆幸自己还能写一些文字，可以用文字帮助大家挽留记忆，可以让逝者在我的文字里继续活着。

没过多久，跟我同一个部门的同事、年仅 45 岁的韶辉因心血管疾病猝然离世。韶辉长期在机要岗位工作，工作极其认真负责，他的突然离世让所有同事痛惜不已。为了表彰他无私忘我、默默奉献的精神，领导把我喊去，让我组织几个作家采写韶辉的事迹。因为与韶辉平时接触并不多，所以，对他的离世，尽管我深感惋惜，但起先并不感到特别悲痛。

我眼泪的阀门是被协理员宁凯打开的。她在不经意间告诉我，韶辉离世前一晚，正逢儿子 16 岁生日。他亲手做菜给儿子过生日，还把儿子心仪球队的球衣作为生日礼物送给儿子。第二天一早，儿子醒来时，发现父亲永远离开了他。16 岁的少年无法接受父亲突然离世的现实，对外婆说：“以后，我再也不过生日了。”

“以后，我再也不过生日了。”——这句话，让我泪崩。

当夜，我写下了 4500 字的纪念文章《从此再无生日——纪念同事王韶辉》，一边写，一边哭。

这篇文章在同事中产生了很大的影响，很多同事都在朋友圈、微信群里进行了转发。短短几天，文章的阅读量超过了 2.4 万人次，转到政务微信里的阅读量超过了 1.1 万人次，上海政工论坛微信公众号上也予以转发。在同事吧里，同事们在缅怀逝者的同时，也感谢我“用心血之作，让大家共同寄托哀思”。

之后，很多同事通过各种方式把他们的感受告诉我。一位同事说：“文学作品是自己长脚的，她会用自己的方式进行传播。”

几个月后，我看到此文的阅读量仍然在慢慢地增长。我想，大部分的同事都已经收拾好心情，投入到韶辉未竟的事业中去了，还在翻看着这篇纪念文章的，应该是他的亲人，也许是他的父母，也许是他的妻儿，他们一边流泪一边看，一边回忆起他在世时的种种。

我想，能够让他的亲人与他在一首歌的时间里重逢，多少也是对生者的安慰吧。

我丝毫不觉得自己写得如何有感染力，阅读者感动的是逝者的事迹和精神，而不是为我的文笔感动。我只是一个记录者，带领读者记起一些正在被遗忘的往事，唤起一些正在被淡忘的情感。这些，都是我作为书写者的使命。

我的生日在2018年的秋天再度来临，韶辉再也不会与我互道“生日快乐”。这年的生日很不快乐，因为生日这天我在龙华殡仪馆送别“警坛神笔”张欣。铺天盖地的花圈一直排到了大厅外面的走廊里，低沉的哀乐让人肝肠寸断。

与张欣大哥也是因为文字结缘。2011年5月，张欣大哥曾经突发心血管疾病昏迷了5天，经过医院全力抢救，从死神手里抢回了一条命。我在那年的秋天采访了他，为他撰写了报告文学《“警坛神笔”张欣：我在死神跟前遛了个弯》。

文章发表后，张欣大哥对我青眼有加，给我写了书法作品，还为我画了一幅肖像。之后，每破新案子，他都会开心地与我分享好消息，让我过去听故事。总以为来日方长，没想到竟成永诀。

从殡仪馆回去的路上，我一直在想，我要为张欣大哥写些什么。尽管媒体的报道已经很多很多了，但我知道，我记忆里的张欣大哥肯定与别人不一样。

我想起7年前的秋天，我去上海铁路公安局采访他，他在天目中路80号的办公大楼前接我。满墙的爬山虎已经褪尽了绿色，转成了深红，却还顽强地爬在墙上，在瑟瑟的秋风里微微起伏。

他跟我聊他的病，说："医生告诉我，我的身体里埋着一颗定时炸弹，一个不当心，不是爆头，就是爆心。"可能造成的后果是严重的，但他的语气并不凝重，似乎仅仅只是转述一个医生的推断。

也许正是因为缺乏必要的警觉，所以，在劫后余生的7年间，他仍在刑侦战线上兢兢业业地工作着，用自己的画像专长协助各地破获了一个又一个大案要案。他还刻苦钻研，在人像重塑研究方面取得了突破性的进展。各地刑侦部门送来的学生一个又一个，只要有人愿意学，他就倾囊以授。各地请他帮忙画像的人来了一批又一批，只要有人请他，他就尽心尽力地画，不舍昼夜。

每一笔，都在向着案件的真相靠拢；每一张画，都在为正义画出最准确的模样。

在拿起画笔的那一刻，他早就忘了自己身体里还埋着一颗定时炸弹。

然而，这颗定时炸弹终于还是引爆了……

逝者长已矣，而我，又能为他做些什么呢？

我想，也只有为他写下一些文字罢了。文字，是我能做到的最好的挽留方式。

三位可敬的兄长和同事永远地留在了2018年。时间的废墟层层叠叠地掩盖上来，终究会让记忆远去，往事缥缈。夜深人静的时候，我站在窗前远眺，天上的星星宛若逝者的眼睛。他们微笑地凝视着我，鼓励着我。

我在用文字挽留他们。他们看见了。

从此再无生日

与王韶辉虽是上海市公安局指挥部的同事，见面并不多。他总是很忙，要么在值班，要么在检查指导工作，要么受公安部派遣，在外省市帮助工作。

与他偶有交集，是因为他与我同一天生日。

我们的生日在秋天。秋风吹起，云淡天高，四面八方的生日祝福便会如期而至。特别的日子，总会想起同一天生日的彼此，互道一声“生日快乐”。

过一次生日，生命之树便又刻下一道年轮。

一年又一年，自韶辉从刑侦总队调入指挥部，15 个共同的生日从我们的生命里一闪而过，意气风发的青春岁月也悄然而逝。我们迈着日渐沉重的步伐，从彼此的白发和皱纹里映照自己不堪重负的中年。

韶辉比我小整整一岁。但潜意识里，总觉得他比我大。他身上有一种与生俱来的“大哥”气质。

“大哥”如“大侠”，是威望，是认可，是旁人发自内心的敬意。

能够被人当成“大哥”，是因为他学有专攻，才识过人，胸怀博大，勇于担当。而根植在他内心的，是浓浓的家国情怀。于国，他做到了鞠躬尽瘁，死而后已；于家，他是孝子慈父，是全家的支撑和倚靠。

韶辉从小就有从警报国、除暴安良的人生理想。高考填报志愿时，他填的志愿清一色都是警察学校，经过努力，他如愿以偿，成了一名光荣的人民警察。

从警后，韶辉先后在刑侦总队和指挥部工作，不管在哪个岗位，他都刻苦钻研，努力成为行家里手。

在刑侦总队工作期间，韶辉从一名基层情报员做起，很快因善于动脑、有独到见解而崭露头角，不到 30 岁，就担任了情报支队的副支队长。他与同事运用情报线索串并，为多起刑事案件的成功破获立下汗马功劳，其中包括 1997 年震惊上海的魏广秀系列敲头案。

2002 年，韶辉被选调到指挥部工作，参与案（事）件信息管理系统项目开发，建成了全国领先的案（事）件信息管理系统。

2007 年，韶辉担任秘书处机要科科长。面对全新的工作领域，他刻苦学习，成了机要工作领域的专家，带领团队研发了在全国具有示范意义的公安专网。在全国公安机关开展机要基础设施建设时，他作为公安部抽调的专家，被派到各地指导工作。2014 年，他受命赴西藏帮助完成专网建设。

在韶辉的带领下，他所在的科室连续六年向公安部发电无错情，连续五年获得公安部机要工作考评优秀等次。他深知，机要工作是没有硝烟的战场，必须以超强的责任心，守住“命门”，把好“命脉”。

韶辉深爱他的家，深爱他的父母妻儿。

韶辉的妻子是他在刑侦总队时的同事，两人从相知到相爱，携手走过了 20 个春秋。

16 岁的儿子，是韶辉的掌中宝。工作之余，陪伴儿子成长成了韶辉最大的乐趣。只因儿子说过，爸爸烧的菜好吃，韶辉就心甘情愿地做起了“家庭煮夫”，一有时间就钻研厨艺。加班再晚，第二天他都会早早起来，给儿子做早饭。儿子喜欢足球，他就陪着儿子到现场看球。在儿子心目中，爸爸是他可以信赖的朋友。

韶辉待双亲至孝。6 月下旬，父亲身患“胃间质细胞瘤”，在医院动了手术。父亲住院期间，韶辉每天家里、单位、医院来回跑。

那段时间的他，像个超人，似乎有着无穷无尽的精力，他从来不觉得需要帮助，也从来不向组织反映自己的困难。他自信，以他的能力，任何困难都能兵来将挡、水来土掩。

他的心里装满了工作和别人，唯独没有他自己。他的心脏出现过 T 波异常，血压也偏高，但他从来不放在心上，即便妻子帮他联系好了医生，他都没有去看。

潜伏在韶辉身体里的病终于发作了。这棵一直为大家遮风挡雨的大树，猝不及防地折断了。这一天，多少人为之震惊，多少人为之痛断肝肠。

7 月 2 日，父亲痊愈出院。韶辉安顿好父亲，就赶到单位值班。第二天值班结束，他去探望父亲，送去亲手熬煮的冬瓜骨头汤。

从父母家出来，韶辉又兴致勃勃地去买菜、做饭，这一天，是儿子 16 岁的生日。儿子的每一个生日，他都很重视。他觉得，一岁一年轮，给儿子过生日，就是让儿子体悟成长的意义。

傍晚，韶辉端上精心准备的晚餐，拿出送给儿子的生日礼物——一套足球队球衣。孩子看到心仪已久的球衣时，惊喜得跳了起来。

这一天，是韶辉儿子最幸福的一天，爸爸做的菜，爸爸送的球衣，有爸爸在，家就是天堂。

孩子没有想到，幸福会在生日的第二天戛然而止。7 月 4 日早上 6 时，爸爸突发心血管疾病，永远地离开了他。16 岁的少年，还没有成年，就早早地尝到了与至爱的亲人生离死别的滋味。孩子对外婆说："以后，我再也不过生日了。"

7 月 6 日，上海宝兴殡仪馆的玉兰厅里，哀乐低回，素花环绕。500 多名领导、同事和亲朋好友来此为韶辉送行。市公安局的领导来了，公安部办公厅、市委机要局的领导来了，兄弟省市的同行来了。韶辉生前虽是一名普通的科长，但他的离世，让所有人都认识到，平凡的岗位也可以做出不平凡的业绩，普通的战士也能成为英雄。

遗体告别仪式结束后，天空下起了雨。正值梅雨季节，时雨时歇，像老天爷痛悼英才的眼泪。

在淅淅沥沥的雨声中，我听到一个声音在说："生日快乐！"依稀像是韶辉的声音。

或许，这句"生日快乐"是最后一次说给他儿子听的。

或许，这句"生日快乐"是最后一次说给同一天生日的我听的。

他在春天的山水里隐逸

突然听到天津的盛钟大哥过世的噩耗，大惊。怎么可能？他还那么年轻。晚上，盛大哥的儿子打来电话，喊我一声“姑”，我便哽噎难语，悲从中来。

盛钟大哥是全国少有的几个在警察协会系统工作了 20 多年的人，几乎可以算是警察协会系统的形象代言人。京津沪渝四直辖市警学研讨会就是在他的倡议下，于 2001 年首次在天津举办的，往后一年一届，四个直辖市轮流主办，于是我们就有了一年一次的相聚。盛钟大哥大概是唯一一个每届都参会的代表。第八届会议在北京召开时，我调皮地笑他是“盛八届”，他朗朗地笑，说，就等着一年一次与各地的好朋友见面的机会呢。开会的季节大多在金秋十月，每年参会他都穿同一款衣服，红色的 T 恤、黑色的西装，帅气得就像从银幕上刚刚走下来。他似乎要用相同的服装帮助我们唤醒记忆，也似乎在告诉我们，我们上一次见面并不是去年，而只是昨天。每年，我们都心心念念地盼着秋天到来，盼着树叶变黄，盼着秋高气爽，盼着各地的兄弟姐妹们依约相聚，盼着盛大哥这个形象代言人出现在会场。那是各种资讯交汇融合相互启发的平台，更是各地同仁在南来北往中增进友谊的场合。

那些年，是全国的警察协会系统最兴旺发达的时期，警学理论研究方兴未艾，各种交流学习与工作的联系频繁而密切。京津沪渝四直辖市公安局的领导对警学理论研讨会都十分重视，主办地的领导都会出面接见与会代表并参加会议。天津人素来客气周到，2010 年轮到他们主办警学研讨会时，办得十分隆重。

后来，由于京津沪渝四直辖市警学研讨会停滞，见到盛大哥的频率也从定期变成了不定期。

总以为，有些人，见与不见，他都在那里，却不曾想他会以一种猝不及防的方式，让你关于他的信息停止更新，让你关于他的念想无所依傍，明明音容宛在，明明记忆如昨，却永无见面的机会，永无对话的可能。

近期常有故友过世的消息传来，但盛大哥的突然离世最让我悲伤。也许是因为我自己从而立之年到如今将近知天命，10 多年间一直都在警察协会，我与盛大哥一样，共同经历了警察协会从兴盛到冷寂的整个过程。他的突然离世，就像是我们日渐力单势孤的队伍突然又被抽走了一支重要的力量，彷徨的我们，该走向何方？

盛大哥为人，俊逸潇洒，年轻时曾有“天津警界第一帅”之称，做过交警，也做过电视台的播音员，后来一直在警察协会担任办公室主任，编《警界时空》杂志，几乎每期杂志上都有他写的文章，还有他拍的照片。他的文章有时用本名“盛钟”发表，有时用“金童”发表。“金童”之意，既是“钟”字繁体字的分拆，又暗含着他自得其乐的人生态度。

他似乎并不屑于爬高摸底，研究如何进取和作为，他总能够在平凡处找到自己满意的生活方式，建设一个怡然自得的精神家园。初认识的时候，他告诉我，他在天津的家是一所空中庭院，种着竹子，养着几株花草，他和他美丽的妻子坐在庭院里品茗赏花，过着神仙一样的日子。后来，他在天津郊区置了一块地，弄了一个农庄，闲暇时就去农庄侍弄庄稼，颇有些悠然见南山的味道。几个朋友也曾多次说过要去他的农庄小聚，始终未能成行，而终至遗憾永留。

最后一次见盛大哥是在广州的全国部分城市警察协会理论研讨会上。那次见他，他儿子刚刚大婚，他眉飞色舞地给我讲述儿子婚礼的盛况，还把他在儿子婚礼上的讲话发给我看，满满的幸福从每个表情里流淌出来。

说得最多的还是他的农庄，听着他字正腔圆的普通话，我想象着那个桃花源一样的所在，想象着他戴着草帽在田间劳作，想象着汗水沿着他英俊的脸庞往下流淌，想象着他在劳作的间隙偶尔会用好听的声音念一首诗……

他似乎要为我们呈现一个人生的理想境界——有俊秀的外表，有刚刚够用的才华，有美丽的妻，有懂事争气的儿子，有可爱的小孙女，有风景如画的居所，有广交好友的豪侠性格，有经营幸福生活的能力……却因为生命的长度而让人唏嘘不已。

也许，像盛大哥这样丰神俊秀的人，老天爷也不忍心让他活成鸡皮鹤发、策杖而行的模样，他在我们心中，永远都是穿着红色T恤、黑色西装的帅哥，永远像军人一样挺拔、迈着正步，永远说着字正腔圆的普通话，永远活在刚刚好的年华里。

他选择离去的日子，也像是一个精心的策划——三月八日，一个花枝招展的节日。他会在往后的每个女神节，被人记起和怀念。在缅怀他的季节里，一朵朵花正在竞相开放，一棵棵树正在抽出新叶。

他把他的微信名取作“山水郎”——我是清都山水郎，天教分付与疏狂，诗万首，酒千觞，几曾着眼看侯王？

也许，他并不曾离去，他只是换了一个新的形式继续存在，他只是选择在一个美丽的春天，在山水间隐逸。

“老吕叨叨”永远在线

在这一天来临之前，你总是给人一个错觉——你的 1 天有 30 个小时，你的 1 小时有 100 分钟，你的时间仿佛可以无限延展。

每天，网上网下有多少繁杂而琐碎的事情迎面而来，你兵来将挡、水来土掩，每个问题都想方设法妥善解决。上班时，你带着民警“四班三运转”守在岗位上；回家了，你还在微博、微信上长期在线，随时为需要咨询救助的人提供帮助。不管是清晨，还是半夜，只要有人求助、咨询，你总是第一时间给予回应，或者立即给予解决，或者答应问清情况后给予反馈。在群众眼里，你仿佛永远都不下班，永远都在线，你的心宽广辽阔得没有边际，可以容纳无穷无尽的凡人小事，可以涵盖网上网下两个世界，可以延展上班下班所有的时间。

这一天来临之前，你一直没有想过，其实，你的时间长度与别人的一样长，那看似多出来的时间，是你用休息换来的，是你向深夜和清晨借来的，是你无意识中用健康抵押来的。你从来不曾计算过，你的时间从何处来，又因何而去。你把换来的时间，大方地给了工作，无偿地给了成千上万相识的或是不相识的人。

在这一天来临之前，你大概以为，自己的一生会有 100 年那么长。这个纷繁的人世，有你爱的妻子和女儿，有你爱的工作，有你无数的牵挂。你要用 100 年好好爱你的亲人，爱你的事业。你读过军医大学，做过医生，有丰富的医学知识，懂得治病救人和自我保健，你以为死亡离你很遥远。

但这一天还是猝不及防地来临了。

2017 年 11 月 30 日晚上 7 点，你拖着疲惫的双脚回到家里。妻子像往常一样，麻利地为你端来玉米粥。你勉强吃了几口，就停下了筷子。妻子诧异地问道："今天怎么吃这么少？"

你说："我有点儿不舒服，先躺会儿。"人在沙发上躺着，却并没有休息，眼睛一直盯着手机。手机连着网络，连着工作，连着无数相识的和不相识的人，连着无穷无尽的困难和疑惑。

你的身体需要休息，向你发出了静养的信号，但你的头脑只听从习惯的召唤。是的，你习惯了，只要手机上有求助的信号亮起，你就会在第一时间给予响应和回复。

12 点多了，妻子催你睡觉。你盯着手机，说："我在看巡逻车到哪儿了。"

躺了 5 个小时，疲劳并没有丝毫缓解，你身体里的血像冻住了一般，麻木的感觉从脚底慢慢地向上蔓延。

你对妻子说："腿麻，像穿了棉裤。"

妻子过来给你揉腿、揉脚。揉着揉着，妻子的眼泪掉了下来，她摸到了你脚上又厚又硬的老茧，这得走多少路才会磨成这样啊？

凌晨 2 点时，妻子看你脸色越来越难看，赶紧送你去医院。

到了医院，你感觉到身体内部兵荒马乱，眩晕、恶心、麻木、疼痛……一阵阵难受的感觉轮番上阵，让你愈来愈无法抵挡。你让妻子去找医生，给你打一针安定，说好好睡上一觉就能很快恢复过来。

药水缓缓地注入你的身体，你身体里的各种不适被强行镇压下来。你的呼吸开始平稳，你渴望了好几个小时的好睡眠似乎马上就要实现。

本以为可以靠睡眠安抚极度疲惫的身体，本以为积蓄力量后，就能战胜猝然而至的病魔，却不曾料到，这一睡，就再也没有醒来。

在你即将闭上眼睛的一瞬间，你明显地感觉到，身体里的血已不受管束，你分明地看到，死神已等在门外，你的生命已经开始倒计时。我相信，在你即将昏睡前的那一刻，头脑无比清醒，你深知合上眼睛，就是永远地关上了与这个世界的联系。这一刻，你多么希望时间停止；这一刻，你对人世是那么留恋。

在你昏睡前的最后一秒，你睁大眼睛最后看了妻子一眼，你是多么不忍心丢下她一个人啊。妻子利平与你是高中同学，自从她的倩影第一次映入你的眼中，你就认定她就是你此生的伴侣。即便你走出大山成了军人，后来又成了第四军医大学的大学生，你都不曾有过移情别恋的念头。你和她，是肩并肩生长在太行山上的两棵树，枝与枝相连，叶与叶相牵，每天一起迎接第一缕朝霞，一起送走每一个深夜。她和女儿，是你一生的依恋，是你的公主，是你掌心里的宝，只要你在家，你都要变着法儿为她们做好吃的，舍不得让妻子累着，舍不得让女儿饿着。你承诺过要爱妻子 100 年，你还要看着心爱的女儿考研、成家、立业，你又怎么忍心撒手西去，让妻子和女儿从此没有了依靠？

在你昏睡前的最后一秒，你的手指依然紧紧攥着手机，舍不得放手。这个普通的手机，陪着你度过了一个又一个日夜晨昏，它是你忠实的工作伙伴，是你的耳朵和眼睛，是你与社区居民和网民联系的媒介。你是运用互联网开展群众工作的先行者，群众有什么需要，你就推出什么服务；群众的诉求在哪里，你服务的触角就延伸到哪里。你创办了河北省第一个社区网上警务室“留村警务室”；你创建了第一个公益失物招领

提高现代文阅读和写作成绩的金钥匙

陈晨作品
现代文阅读试题详解

代我去看看北海道

（1）在东京留学的儿子在微信上跟我聊天，说他们有一个9天的假期，同学们计划去北海道游玩，他说他不想加重我的经济负担，他就不去了。

（2）我赶紧打了一笔旅费给儿子，说，你去吧，代我去看看北海道。

（3）儿子好奇地问，为什么？

（4）是呀，为什么？为什么一听到北海道这个地名就如此激动？

（5）因为，北海道是一个我认识了30多年的地名，那是我精神世界里亲爱的故乡，尽管从未去过，却始终温暖地镶嵌在我

的成长历程中。去北海道看看，是我从小的愿望。

（6）第一次知道北海道，是因为日本电视连续剧《排球女将》，北海道是剧中女主人公小鹿纯子的故乡。

（7）童年时最爱看《排球女将》，每次听到激昂的主题歌，总会感到热血沸腾、血脉偾张。那时家中没有电视机，一到播放《排球女将》的日子，我就会带着妹妹们，早早地到邻居家蹭电视看。村里只有 3 户人家有电视机，但能否顺利地看到电视还得碰运气。有时候，到了一户有电视机的人家，主人会热情地搬来长凳，招呼邻居们坐下看电视。有时候，他们会因为这一天干活累了，想早点休息，或者这个月电费多了，或者他们家的家庭成员之间有些小矛盾，或者是出于其他各种各样的原因，就会跟我们这些小孩说："今晚我家不放电视。"然后我们就赶紧转场，去另外两家碰运气。如今听到"追剧"一词我总会哑然失笑，想起童年时带着妹妹们找电视看的场景，我们那时才是真正的"追剧"啊。几十集的《排球女将》就是这样一路追着，七拼八凑地看完的。因为看电视不容易，所以一旦有机会看到，都恨不得把每一句台词、每一个画面都深深地刻进脑子里，看完回家躺在床上，还会再三回味，默默地哼唱着完全听不懂的日文主题曲，渐渐进入与小鹿纯子同在的梦乡。无数个梦里，我梦见自己挥舞着拳头在练习"晴空霹雳"，梦见自己像小鹿纯子一样沿着海塘不停地奔跑。

（8）小鹿纯子，那个圆圆眼睛的小鹿纯子，是我童年时的偶像，她坚毅、无畏、单纯、阳光，给我的童年时代带来了满满的正能量。很多次，我都把她看作我自己，把她的成长看作我自己的成长，把她的精神内化为对我自己的要求。是她，潜移默化

地教会了我勇往直前、百折不挠；是她，以明媚的笑容教会了我乐观向上、刻苦拼搏；是她，引领我越过一个又一个人生的险滩，一步一步地向着目标前进。她是我精神世界里一个标杆，给过我不可替代的激励。

（9）电视剧里的北海道，与我东海之滨的故乡有着天壤之别，那里有刚劲的风，有冷酷的雪，有小鹿家需要常年辛勤劳作的农场，有小鹿纯子那外表一脸冰霜的父亲，有纯子患有眼疾的母亲不愉快的回忆，还有小鹿纯子很多童年的记忆。那是小鹿纯子成长的地方，是她向着参加奥运会目标进发的始发地，也是她在遇到困境时常常会回去汲取精神力量的地方。在追随着小鹿纯子身影的日子里，我也跟着她一次又一次回到故乡北海道，跟着她一起感受刚劲的风、冷酷的雪，跟着她一起在故乡汲取重新整装出发的力量。北海道，一个神秘的日本农村地区，以一种隐喻和象征的方式，移植进了我的内心，成了我童年精神世界里的故乡。小时候，我总是会想，总有一天，我要去北海道。

（10）现在，我暂时去不了，就请亲爱的儿子代我先去看看吧。我多么希望曾经给过我能量的北海道同样能让儿子得到精神的滋养。

（11）儿子去了，晚上拍了几张照片发过来。街道整洁，人烟稀少，零星的酒馆，寂静的夜灯。

（12）可是，这哪里是我的北海道啊？小鹿家的农场呢？呼啸的风呢？飘扬的雪呢？

（13）儿子笑："那是30年前的电视剧，北海道哪能一直停留在那个时代不发展呀？就算是中国的农村，也不能一直一成不变地等着你。北海道现在是著名的旅游胜地，出产著名的"白色

恋人”，下次给你带点回来。现在还没到冬季，冬天也会刮风下大雪，雪很厚，很冷。

（14）儿子显然对北海道没什么感情，他说，后天要去湘南地区，樱木花道的中学就在那里。湘南？一个隔阂的地名，我不知道湘南对于儿子的意义，就如同儿子不知道北海道对于我的意义。

（15）那天，我怅然若失，仿佛弄丢了自己的故乡。我躺在床上辗转反侧，一遍一遍回忆小鹿纯子，回忆小鹿纯子的“晴空霹雳”，终于，在蒙眬中，我跟随着小鹿纯子，再一次回到了我们的故乡——北海道。

1．请结合语境解释加点词的意义。

那是我精神世界里亲爱的故乡，尽管从未去过，却始终温暖地镶嵌在我的成长历程中。

镶嵌：________________

2．儿子不想加重我的经济负担，说不去北海道了，“我”却赶紧打了一笔旅费给儿子，这是为什么？

____

________________。

3．请写出第（8）段中画线句子在文中的表达效果。

____

________________。

4．请结合全文概述北海道对于“我”的意义。

____

________________。

5．在我们的生活经历中，总有那么一个地方或一个人，让你心动，留恋不已。请你简单写一写它（他 / 她）令你留恋的原因。

____

____。

参考答案：

1．将一物体嵌在另一物体中，形容我对北海道印象深刻。

2．让儿子代我去看看北海道。因为北海道是一个我认识了 30 多年的地名，是我精神世界里亲爱的故乡，去北海道看看，是我从小的愿望；希望曾经给过我能量的北海道同样能让儿子得到精神的滋养。

3．这句话运用了排比的修辞方法，句式工整、语意集中地表现了小鹿纯子给予“我”的精神力量，表达了“我”对小鹿纯子的喜爱和感谢。

4．北海道成就了一段美好的童年记忆；是我精神世界里亲爱的故乡，始终温暖地镶嵌在我的成长历程中。

5．语句通顺地描述某个地方或人物的特点，表达真情即可。

乡间一棵草

（1）祖母是个一生平凡的乡间农妇，几乎没有可以彰显她生命价值的事迹值得为她树碑立传。她活着的时候，平凡得如同乡间的一棵草，即使生活有些色彩，那也是草的色彩；她离世

了，也如同一棵自然枯萎的草，无声无息地湮没在千千万万的逝者之中。

（2）我常常会想起她，因为她是我生命的来路，而她的去路也必将是我的去路。

（3）祖 40 多岁起，就一直做着村办托儿所的保育员，村里一批又一批孩子都是她带大的，所以人人都喊她“婆婆”。农村实行联产承包责任制后，村里的托儿所解体了，60 多岁的祖母也就从此“赋闲”了。

（4）闲来无事的祖母常常和村里的老人们一起打打小麻将，消磨消磨时光。日子在不知不觉中流逝，祖母那些志同道合的牌友日渐减少，相跟着去了另一个世界，祖母一天比一天寂寞。

（5）祖母并不惧怕死。她幼年父母双亡，从小在舅父家长大，30 多岁时祖父去世，50 多岁时继祖父也去世了。也许一生经历了太多的死别，所以她对待死亡的态度是超然而平和的。60 多岁的时候，她早早地为自己准备好了寿衣；70 多岁的时候，发现自己胖了，寿衣根本穿不上，于是重新做了一套。曾经有两个算命先生不约而同地算到祖母的寿命是 88 岁，祖母听了哈哈一笑，似乎信了，但还是从容地做好了随时往生的各种准备。

（6）80 多岁的时候，祖母那些昔日的牌友全部离世了。家里的小辈忙着上班或上学，祖母就坐在门前，自己和自己玩牌。一张张牌搬过来又搬过去，搬过去又搬过来，日子仿佛漫长得让人不耐烦。

（7）祖母 86 岁那年的国庆节，我回老家看她。以前从不爱回忆的祖母居然和我聊起了往事，她用手比画着，告诉我，祖父去世时我父亲才 6 岁，还不到桌子高。祖父临死前留下一句

话——如果实在没有能力养活四个孩子，就把两个女儿送人，两个儿子再苦再累也要养大。

（8）我静静地听着，遥想着半个多世纪前发生在祖母身上的苦难：30 多岁的寡妇，没有谋生的技能，没有赖以生存的土地，一个人带着四个幼小的孩子，在生活的重压下苦苦挣扎。我不知道那时的祖母是怎样挨过来的，她肯定没有时间长吁短叹，没有时间以泪洗面，甚至没有太多的时间沉湎在丧夫之痛里。她必须咬紧牙关，像一只焦躁的母兽，整日四处寻觅食物，好养活她的儿女。

（9）半个多世纪过去了，苦难早已深深地沉淀了下去。在苦难中长大的父亲和叔叔待人谦和，勤俭持家，从村里最穷的人家慢慢成了让左邻右舍羡慕的小康之家。

（10）好像预见到了什么似的，祖母淡淡地对我说："奶奶快去了。"死亡的话题让我害怕，我岔开话题说了些让她高兴的事。可祖母说着说着，又扯上了死亡的主题。

（11）一时无语，我陪着祖母静静地坐着。看着斑驳的光影在风烛残年的祖母头上斜斜地流过，我仿佛看到祖母生命的灯正在一点点地熄灭，心里有了恐惧和伤感。

（12）我突然很想对祖母好，于是平生第一次为祖母洗了头。香波在祖母的头上堆起了白色的泡沫，像我们幼年时玩过的雪堆。祖母稀疏的白发掩藏在雪的下面，像冬天的草。冬天的草到了春天会重新萌发，而祖母的白发已经不可逆转地枯败了。我似乎已经看到，在我们前方有一个日子，祖母将永远地在大地中沉睡。我能做的，只是眼睁睁地看着日子一天一天地将祖母带走。而我这张遗传了祖母很多特征的脸，终有一天也会像祖母一

样满脸皱纹，眼光浑浊。

（13）我的眼泪静悄悄地滴落在祖母头上的香波里，一些是为她流的，还有一些是为所有生命的无可奈何流的。祖母很舒服地享受我不轻不重的揉搓，问我："奶奶走的时候，你会为我哭吗？"我忍住悲伤重重地允诺了祖母，于是她满意地笑了，夸我有良心。

（14）两个月后，祖母真的像一盏燃尽了油的灯，事先毫无征兆地在一个冬夜里熄灭了。

（15）我风尘仆仆地赶回老家为祖母奔丧。祖母神色安详地躺着，丝毫没有触动我悲伤的情绪。一时间，我似乎还无法接受祖母已去的事实。我没有眼泪。

（16）午夜，邻居们走了，家里没睡的人也都为准备丧事忙去了。我一个人静静地为祖母守着灵。奠烛在冬夜里轻轻地摇曳着，线香在无声地燃烧着悲伤。我摸着祖母冰冷的手，想起曾经答应过要为她哭，于是，在没有人的深夜，安安静静地把眼泪给了她。

（17）祖母的丧事很隆重。86岁的高寿，而且无疾而终，这种辞世在很多人眼里是值得羡慕的。在满屋子身着白衣的亲人中，我第一次惊觉我的姑父姑母们都已垂垂老矣，而我的父母也即将迈入老年人的行列。祖母在世的时候，她就像卷心菜最外面的那一层黄叶，为小辈们阻挡着死亡的威胁。如今，最外面的这一层剥去了，我的父辈们都成了袒露在最外面那一层枯黄的老叶了。我突然意识到我对父母的疏忽，想着要好好孝敬他们。

（18）转眼间，祖母已走了很多年了。乡间的野草青了很多回，又黄了很多回。春天来临的时候，我会望着在春风里无忧无

虑生长着的野草，想我的祖母。我知道，在大地面前，祖母和我们都是野草，终有一天我们都会还原成野草的形状。我还知道，在我们共同的去路上，祖母已早早地等在那里，就像等候晚归的我们回家。

（19）祖母以她乡间野草一样对待生和死的态度，告诉我：自然而至的死亡并不可怕，其实就是赴亲人的聚会。

1. 给下面加点的字注音。

湮没（　　）　长吁短叹（　　）

2. 下面这段话你认为放在原文哪个位置合适？（　　）

“历经半个多世纪的磨砺，祖母把这一切都看作自然而然的事，得之坦然，失之淡然，不伤感，不叹息，更没有小人得志般的沾沾自喜。”

A. 第（6）段和第（7）段之间

B. 第（7）段和第（8）段之间

C. 第（8）段和第（9）段之间

D. 第（9）段和第（10）段之间

3. 揣摩下列语词的表达效果。

（1）“我不知道那时的祖母是怎样挨过来的，她肯定没有时间长吁短叹，没有时间以泪洗面，甚至没有太多的时间沉湎在丧夫之痛里。”三个“没有”连用，有什么表达效果？

____

______________________________。

（2）“祖母在世的时候，她就像卷心菜最外面的那一层黄叶，为小辈们阻挡着死亡的威胁。”这句话运用了哪种修辞方

法，有什么作用？

____

____。

4．题目“乡间一棵草”有哪些含义？

____

____。

5．从祖母对待生命的态度中，你得到了哪些启发？

____

____。

参考答案：

1．yān xū

2．D

3．（1）三个“没有”连用，集中表现了祖母一人养活四个孩子经历的生活重压，突出表现了祖母的不易和坚强，表达了我对祖母从容的生活态度的理解和佩服。

（2）这句话运用了比喻的修辞方法，把祖母比作卷心菜最外面的那层黄叶，生动形象地写出了祖母对小辈们的爱护，表达了我对祖母的感恩。

4．一方面，指祖母平凡，平凡得如同乡间的一棵草；另一方面，指祖母对待生与死的态度，超然而平和。

5．围绕祖母对待生命的超然而平和的态度表述即可。

眉山的“树子”

（1）一直以为眉山是一座山。

（2）我曾经想当然地以为，敬亭山是“江南诗山”，眉山就该是“西南词山”。敬亭山是李白七次登临的山，李白在此留下了“相看两不厌，只有敬亭山”千古绝唱，它的形象代言人是李白。而眉山是苏东坡的出生地，它的形象代言人一定是苏东坡。

（3）我还想当然地认为，每一座山都有它们的记忆，曾经来过这里的人，曾经发生过的事，都会被山上的石头记录，成为传说，成为诗词，成为人文的溯源和象征。

（4）在来眉山的火车上，一对偶遇的四川夫妇看我在读林语堂先生的《苏东坡传》，就与我聊起了眉山。在与他们的交谈中，我第一次知道，原来眉山不是山名，只是一个地名。

（5）这让我深感沮丧。眉山不是山，那么，那些刻录着苏东坡人文情怀的石头，我将去何处寻觅？眉山不是山，那么，近千年来后人对东坡先生的景仰与凭吊又安放在何处？

（6）出了眉山火车东站，搭乘一辆出租车，眉山，这个一直只存在于我想象中的城市，渐渐立体起来，渐渐与我亲近。只见整座城市干净而朗润，在正午的阳光下闪着洁净的光。说实话，这些年走南闯北，见过各类大大小小的城市，但像眉山这样清秀得让人惊喜的城市并不多见。想想也是，也只有如此秀丽婉约的城市才配得起“三苏故里”的名号。

（7）出租车司机兴许已经习惯了外地人对眉山的赞美，笑

着对我说：“我们眉山绿化搞得好，每条路上都有很多树子。”

（8）“树子？”

（9）“树子的说法是我们眉山本地话，就是树的意思。”

（10）我轻轻地叫了两声“树子”，像是呼唤它们亲昵的小名，感觉一下子爱上了这些亲爱的树。

（11）眉山的“树子”还真是多，整座城市的植被率高达50%以上，走到哪里都像是走进了公园，还常常会与一些让人惊喜的“树子”不期而遇。

（12）傍晚，我和几位文友一起绕着入住的岷江东湖饭店散步。远远地，看到一排紫红色的花树。那是几株三角梅，长得高高大大，足有三层楼高。大朵的紫红色的花，开得舒展而豪放，浓烈而饱满。能够长在苏东坡的故乡，想来她们的内心也是骄傲的吧。草地上有很多紫红的花瓣，有的地方疏，有的地方密，青色配着紫红，像一条精心织就的花带。她们安然的样子，不像是萧瑟的落花，而像是花瓣自动选择了与枝头分离，在低处的存放和布置。说来奇怪，落花容易传递萧条凄美的情绪，但这些凋谢的花瓣却是另一种缤纷的美景，落花不扫有如一阕回味无穷的词，是繁花盛开之后的袅袅余音。这样豁达而开朗的花树，很容易就让人想起东坡先生的境界——处在命运的高处时，开阔向上；处在命运的低处时，处之泰然，不抱怨，不怀恨。无论身处何种人生境遇，总能活出不同的精彩，总能传递光明与温暖。

（13）饭店的前面有一个湖，湖水清澈，水流低缓，安静得就像还在旧时光里沉睡。当地的文友告诉我们，这个湖就叫东坡湖。湖边长着各种各样的“树子”，把东坡湖装点得婉约而灵秀。

（14）在眉山，最深情的“树子”当数东坡故居后山上的松

树。苏东坡的妻子王弗26岁时，不幸客死他乡。苏东坡痛失佳偶，肝肠寸断，千里迢迢将妻子的灵柩送回故土，葬在苏家祖茔，并为她种下了满山遍野的松树。如今，静静地站在松林里，似乎还能听到900多年前传来的呜咽——“料得年年断肠处，明月夜，短松冈”。

（15）说到眉山的“树子”，最值得一提的是“三苏祠”大门口的三棵树。大门右侧边的那棵是黄桷树，据说有千年树龄，眉山人称其为“眉州第一树”。正对着大门的是两棵古银杏树。据介绍，银杏树长期生长的条件之一就是雌雄并存，但“三苏祠”内的这两棵古银杏都是雄树。有人把这两棵雄树称为“兄弟树”，相传这两棵银杏树是苏东坡兄弟少年时所栽，东坡兄弟两人还曾在树下读书弈棋。但是传说毕竟是传说，经过测算，这两棵树确切的树龄应该在600年左右，与东坡兄弟生活的年代相距甚远。

（16）即便不是东坡兄弟亲手所栽，长在“三苏祠”大门口的银杏树，仍然是眉山人的骄傲。特别是右边那一棵，它大约26米高，抬头仰望，几乎看不见树顶。树干笔直，没有旁逸斜出的分支，没有刻意的弯曲和迎合，以一种简洁而嘹亮的姿态直冲云霄。树根遒劲有力，复根附着在主根上，辅佐着根系向泥土的更深处扎去，也支撑着树干向着更辽阔的高处伸展。它像一位坦坦荡荡的伟丈夫，巍巍然，凛凛然，屹立在“三苏祠”的大门口，让人一见就肃然起敬。东坡先生暮年终老异乡，葬在河南汝州。我却相信，他的灵魂梦牵魂绕，一定会回到他的故乡眉州，也许就是化身为这一棵银杏树，扎根在故乡的土地上，长成某种精神的象征，长成某种情感的寄托。

（17）我由此想到我常去的敬亭山，我曾经在山上的李白独坐处待过很久，俯瞰过李白当年看过的山和树。敬亭山山势不高，山上的树长得随和而平常，似乎能够听懂你任何的委屈，并给予最妥帖的安慰。这些随和平常的树，曾经让走到人生暮年的李白得到无言的慰藉，也让历代文人找到了失意时“独坐”的精神家园。

（18）而眉山的树不一样，它们更旷达，更有力，总是在传递着一种向上的精神力量。它们不喜不悲、不卑不亢的姿态，像极了东坡先生的处世风格。于是我想，那些曾经在敬亭山寻找心灵安慰的失意文人，如果来眉山，看看眉山的树，从这些树上汲取力量，也许会有不一样的人生感悟吧？

（19）要离开眉山了，我与眉山的“树子”告别。突然想起来，关于“子”字的用法，一种是作为后缀，有疼爱、宝贝、爱惜的含义，比如“孩子”“儿子”等；一种念第三声，是一种尊敬的意思，比如“孔子”“苏子”等。

（20）也许，眉山人管树叫“树子”更偏重于后一种含义吧。

1. 给下列加点字注音。

遒劲（　）　　　慰藉（　）

2. 眉山的“树子”与敬亭山的树有什么不同？

____

____。

3. 请你揣摩下列语词的表达效果。

（1）她们安然的样子，不像是萧瑟的落花，而像是花瓣自

动选择了与枝头分离，在低处的存放和布置。

____

____。

（2）它像一位坦坦荡荡的伟丈夫，巍巍然，凛凛然，屹立在“三苏祠”的大门口，让人一见就肃然起敬。

____

____。

4. 本文作者陈晨，荣获“中国散文名家东坡故里采风在场写作竞赛”二等奖。请你结合全文的思想内容，为作者写一段授奖词。

____

____。

5. 你从眉山的“树子”身上学到了什么？请结合你的生活实际谈谈感想。

____

____。

参考答案：

1. jìng jiè

2. 敬亭山山势不高，山上的树长得随和而平常，似乎能够听懂你任何的委屈，并给予最妥帖的安慰。眉山的树更旷达，更有力，总是在传递着一种向上的精神力量。它们不喜不悲、不卑不亢的姿态，像极了东坡先生的处世风格。

3.（1）安然，运用了拟人的修辞方法，赋予花瓣人的情态，生动形象地写出了花瓣缤纷的美好姿态，表达了作者对眉山豁达开朗的花树

的赞美和喜爱之情。

（2）这句话运用了比喻的修辞方法，把“三苏祠”右边的那颗银杏树比作伟丈夫，生动形象地写出了银杏树的高大笔直，表达了作者的喜爱和敬意之情。

4. 陈晨的《眉山的“树子”》，是作者私密的精神符号，也是眉山对外呈现的公众形象，两者是统一的。它旷达、有力，有一种向上的时代感。作者在抒写眉山风物同时，赋予温暖的含义和幽深的寄托。

5. 围绕眉山的树子的品格谈即可，要结合生活实际。

草原人家

那里应该是离天堂最近的地方。每一棵草都热烈地绽放着它生命中最精华的颜色，汇合成一首气势磅礴的绿的交响，那绿是那么浓郁，那么稠密，无拘无束地向着远处无限地延伸，延伸……草原上的人们赶着成群的牛羊，唱着嘹亮的牧歌，歌声一直飘向天与地连接的远方……

这是我梦里经常见到的草原。

然而，当我们一路颠簸，翻山越岭，风尘仆仆，终于与心仪已久的鄂尔多斯草原相见时，不禁深深失望了。只见一望无际的黄沙地上点缀着稀稀拉拉的草，远处几头脏兮兮的羊无精打采地啃着草根，无法被草覆盖的黄沙迎风扑面。已是7月底，本该是草长莺飞的季节，但这里的草原如同一个历尽沧桑的老妇人，稀疏斑驳的头发，黯淡无光的面容，无精打采的神情，荒凉萧瑟

得让人不忍看。

一路劳顿，再加上缺乏绿叶蔬菜的调养，我们像许久没吃上青草的羊，一个个精神委顿。热情的草原人端上了我们来到内蒙古草原后的第N顿羊肉，几乎所有人都反胃了。羊肉虽好，但顿顿吃，我们这些来自南方的胃不抗议才怪呢。此刻，我们的胃正热切地渴望着家乡的味道来抚慰一下。

所以，当几只闲适地散着步的鸡不经意间进入我们的视线时，大家真的有些激动了。在大家你一言我一语的议论里，这些鸡以汤的形式奔向我们可怜的胃。

作为掌管此次旅行开支的“财务大臣”，看着这些“望梅止渴”“望鸡止饿”的伙伴们，我意识到必须和鸡的主人谈谈我们的意向。

谈判起先进行得并不顺利，草原上的人似乎并不在乎你给的价钱高低，他们只认一点——鸡正在下蛋，舍不得杀。

我并不气馁，坐在蒙古包里，与大爷、大妈拉拉家常，向他们陈述着我的伙伴们如何水土不服、饮食不习惯、营养不良。没说几句话，大爷和大妈就同意把鸡卖给我们了。

当天下午，我的伙伴们去参加草原上的游玩项目，我就和大爷、大妈一起侍弄两只鸡。他们知道这些南方来的客人爱干净，杀鸡之后，一遍遍打来清水，把鸡洗得干干净净。我后来才知道，这里的水有多么金贵。这里地下水匮乏，打井必须打得很深才有水，打一口井要10万元，而整个鄂尔多斯草原景区只有一口井。

鸡汤是按照南方人的习惯做的，原汁原味，除了几片姜，什么都没放，用小火慢慢地炖。灶下的火红红地燃着，不一会

儿，浓郁的香气就在小小的蒙古包里弥漫开了。

我和大爷大妈在这好闻的味道里，随便地聊着。大爷神情有些歉然，说今年干旱，雨水少，草长得不好。仿佛草没长好他应该负责任，也仿佛他理所当然地应该代表长势不好的草向客人道歉。

他又问我们从哪里来。我告诉他，我们从上海来。

上海？他一脸茫然，想象不出上海到底在草原的什么方位。

我耐心地告诉他，上海是中国最大的城市之一，离内蒙古很远，那里有金茂大厦，总共有88层楼。

88层？大爷吃惊地问道，那像我这么大年纪爬得上去吗？

大爷天真的神情让人忍不住想笑，但我没笑。我不能因为自己来自城市就以为有了轻慢别人的资本。

我说不用自己爬，可以乘电梯上去，几分钟就可以到顶楼啦。

是吗？大爷和大妈一脸向往的神色，他们想象不出远方有哪些精彩的东西。但随即又释然了，毕竟远方的精彩离他们太远，与他们无关。

鸡汤出锅前，我放了一把盐。也许这鸡是草原走地鸡的缘故，也许我们已多日没有吃上熟悉的菜了，这鸡汤鲜得出奇。我执意要留下两碗给他们喝，他们坚决不肯要。他们说，你们是付了钱的，这鸡就是你们的。

大妈拿出她攒的鸡蛋，问我要不要。要啊，我高兴极了。我让大妈帮我摘来几根葱，挥洒之间，炒了我这一生中最香的一盆炒鸡蛋。这与厨艺无关，只与蛋的品质有关。高品质的蛋真的是可遇而不可求啊！

你能想象我们在享受这顿丰盛的晚餐时的心情吗？带着久旱逢甘霖般的饥渴，挟着风卷残云般的气势，每个人都嚷着好吃好吃，顷刻之间，盘子见底了，汤碗见底了。当久违的家乡菜与喜出望外的草原美味完美结合的时候，这种滋味就成了记忆中的经典。多年后，当年一起出行的朋友聊起此次内蒙古之行时，看过的景点都已淡忘，但鸡汤和炒鸡蛋至今仍然让我们齿颊留香。

尽管那年的草原不美，但那次草原之行因为这顿晚餐而有趣起来，我们兴致勃勃地参加了晚餐后的篝火晚会，尽情地唱着跳着。我们都忘记了年龄，忘记了烦恼，忘记了身在何处，忘记了今夕是何夕。

晚饭后，大爷给我们在户外拉了一个灯泡，我们在灯下啃着西瓜，打起了牌。辽阔的鄂尔多斯草原安静极了，只剩下我们的这盏灯还继续发着灼灼的亮光。那一晚，鄂尔多斯草原上几乎所有的飞蛾都朝我们聚了过来，一时间，纸牌与蛾翅齐飞，蛾的振翅声与打牌声共鸣。那大概是我们这一生中排场最大的“大怪路子”啦。

要离开鄂尔多斯草原了，我去向大爷大妈道别。他们殷殷地邀请我以后再来，等以后春天雨水好了，草就会长得很好，足有半人高。我随口敷衍，好啊，以后我带着我的孩子一起来。

他们一听，就当了真，问我，你什么时候来呢？

那种淳朴善良的神情让人不忍欺，于是我正色说，过几年我一定带着儿子来看草原。

临行前，我和大爷大妈照了一张合影。大爷说，姑娘，照片给我们寄一张行吗？

我说行啊，您把地址和邮编留给我。

大爷侧头想了想，说，邮编我不知道，地址你就写鄂尔多斯草原，白风林收。说着，把脚下的沙地抹平了，蹲下来，用手指一笔一画地写了“白风林”三个大字。

我按照地址寄去了照片，但一个月后，照片被退了回来。信封上写着“查无此人”。

很多年过去了，每次看到这张照片，大爷大妈诚实善良的脸就会浮现在我脑海里。他们不懂欺骗，不懂敷衍，不懂伪装，他们眼中的人和事，如同草原上的草一样线条简单，直截了当。这样的心境，如此纯真，如此安宁，让我常常羡慕着，向往着。

我想，我一定要在一个草木繁盛的夏天，带着儿子，重新回到鄂尔多斯草原，看看草原，看看草原上的大爷和大妈，把这张合影亲自交到他们手上。

1. 根据文章故事情节，将下列内容补充完整。

大爷大妈卖鸡—(　　　　　)—(　　　　　)—大爷留地址。

2. 第一段描绘了梦中草原的美景，请分析它在文中的作用。

3. 阅读文中画横线的两处，分析其表达作用。

（1）已是7月底，本该是草长莺飞的季节，但这里的草原如同一个历尽沧桑的老妇人，稀疏斑驳的头发，黯淡无光的面容，无精打采的神情，荒凉萧瑟得让人不忍看。

（2）他们知道这些南方来的客人爱干净，杀鸡之后，一遍遍打来清水，把鸡洗得干干净净。

4. 结合文章内容，简要概括大爷大妈的性格特点。

5. 请说说你对文章结尾一段的理解。

参考答案：

1. 大爷大妈洗鸡　大爷大妈不肯要鸡汤

2. 描绘了我想象中草原的美景，表达了我对草原的向往；与下文实际见到的荒凉萧瑟的草原形成对比，引起读者的阅读兴趣；烘托大爷和大妈的美好品质。

3.（1）运用比喻的修辞，将草原的草木稀疏比喻为历尽沧桑的老妇人；“斑驳的头发，黯淡无光的面容，无精打采的神情”，运用排比，强化了草原的荒凉萧瑟，表达了作者对草原萧瑟景象的失望与痛心。

（2）“一遍遍”，用数量词，突出了大爷大妈洗的遍数多；“干干净净”，用叠音词，再次强调了鸡洗得干净，纤尘不染。结合下文“这里的水”很“金贵”的情形，彰显了大爷大妈的朴实善良与善解人意。

4. 善良体贴，从不卖鸡到卖给我们可以看出；热爱草原，从歉然的神情可以看出；认真不敷衍，从大爷写地址的认真可以看出；真诚无欺，从坚决不肯要鸡汤可以看出。

5. 这段话写出了我要重回草原的决心。之所以如此，一是因为大爷大妈的淳朴善良、认真简单、纯真安宁感动了我，我想去看望他们，感受这份纯真安宁；二是因为我要兑现把照片交到他们手里的承诺；三是表达了我对草原美景的向往。（答出两点即可）

为漏雨的世界打上爱的补丁

（1）第一次看到这一家人时，你看到她们的世界是摇摇欲坠的。

（2）她们家的房子是摇摇欲坠的，有气无力地趴在白马水

库旁的小山坡上。墙上长满了青苔，无声地记录着岁月的痕迹。室内昏暗而狭小，房屋的主梁已被蚁虫蛀空，几只虫子旁若无人地在梁上钻进钻出。几串不知道哪一年的老玉米挂在梁上，落满了灰尘。最骇人的是后墙，墙面已经歪斜，墙体已开裂，几块原本紧密排列在一起的石头，似乎急于逃离这堵无望的墙，朝着各自的方向松散开来。虽然布依族人世世代代依山靠水，建的房子大多朴素，但从来没有像这栋房子让你如此惊心。

（3）摇摇欲坠的还有她们家风烛残年的曾祖母，85 岁高龄，身高不过 1.4 米，体重不到 30 公斤，戴着大大的布依族帽子，衬得头颅越发地显小。脸小，黑而瘦，刻满了深深的皱纹，一只眼睛已经失明，另一只眼睛也暗淡无光。脸上的神色十分哀苦，似乎还有一丝倔强，想要尽力保护她的孩子们，但终究因为年迈体弱而显得力不从心。

（4）三个女孩依次站着，大的叫小真，13 岁，老二叫小美，12 岁，最小的叫小蕊，4 岁。三个孩子都矮小瘦弱，惶恐不安地打量着眼前的陌生人。4 岁的小蕊似乎还没有来得及被笼罩着全家的愁苦浸透，灵动的眼波是这个家里唯一的生机。

（5）村里的妇女主任说："小蕊刚出生时，她父母看到又是一个女孩，差点把她扔进白马水库。"看着这个死里逃生的孩子，你心疼极了，蹲下身来想要抱抱她。小女孩瑟缩着，本能地往曾祖母身后躲。可是又能躲到哪里去呢？曾祖母自己也像一堵随时会倒塌的危墙，又能给她多少庇护呢？

（6）这一刻，你对孩子们的父母充满了愤恨，是他们的自私和不负责任，让老人和孩子们陷入了无依的困境。重男轻女的孩子父亲，在小女儿出生后不久，抛下一家老小，离家打工，至

今音讯全无。孩子的母亲，不愿意被家庭的重负给拖累，抛下三个女儿改嫁了，那时小蕊才8个月大。孩子的祖母为了补贴家用，爬到树上去采摘野果，不慎从树上跌落，撒手西去。从此，风烛残年的曾祖母与三个年幼的孩子相依为命，靠着上山挖野菜，靠着政府救济，艰难度日。

（7）那一日，你的心一阵阵疼痛。你是一名爽朗明快的女警，向来以男孩子性格著称，但这一刻，你只是一名内心柔软的母亲，因为深爱着自己的孩子，所以推己及人，但愿所有的孩子都能在爱的怀抱里成长。你是如此迫切地想帮助她们，你恨不得把自己身上所有值钱的东西都拿出来送给这一家人，恨不得让年迈的老人立刻卸下重负，恨不得让孩子们立刻喜笑颜开，然而，这一家人就如同冻了太久的冰，哪里能够立刻融化呀？

（8）回去的路上，你流了一路的眼泪。你知道，小蕊一家的命运已经与你休戚相关了，你不会眼睁睁地看着这一家人继续在困境中挣扎，你不会眼睁睁地看着这个摇摇欲坠的家倒下。这与其说是你所承担的社会角色要求你有所作为，不如说是因为你从来就是一个心怀悲悯的人，扶危救困是你从内心自主生发的道义力量和精神取向。

（9）你看见孩子们脸上的戒备一次比一次少，笑容一次比一次多。特别是眉清目秀的小蕊，笑起来的样子可爱极了。这个对母亲没有一丝记忆的孩子，从心底里把你当成自己的母亲，每次只要你一走近白马村，小蕊就会远远地飞奔过去，扑进你的怀里。她喜欢依偎在你怀里，摸摸你的头，摸摸你的脸，在你身上蹭来蹭去，有时候还会趁你不注意，在你脸上猛地亲上一口。你搂着她，希望能让这个从小就缺爱的孩子多感受一点儿母爱，多

一点儿，再多一点儿。

（10）在凄风苦雨里长大的小真和小美，最能够体会到你带给她们的温暖。她们记得，在她们缺衣少食的日子里，是你，一次次踏进她们家的寒门；是你，像母亲一样，教会她们整理房间，把居所打扫干净；是你，有空就陪着她们说笑，让她们在交流中渐渐敞开心扉；是你，多方联系，为她们家落实低保政策；是你，在她们相继患上腮腺炎之后，一次次带着她们看病；是你，在她们小学毕业后，寻求多方支持，让她们进了镇宁一中住读；是你，在开学第一天，特意过来接她们到学校报名；是你，亲手为她们整理床铺，铺上床单。当同寝室的同学羡慕她们有一个警察妈妈的时候，她们向来自卑的心充满了自豪和骄傲。这两姐妹在学校填写表格时，家长一栏里都填上了你的名字——“韦兰”。

在帮助小蕊一家的过程中，你发现还有不少孩子也像小蕊她们一样，长期得不到父母关爱，生活在爱的荒漠里。他们有些是留守儿童，有些是贫困家庭的儿童，还有一些是被收戒吸毒人员家庭的特殊儿童。

你想起前几年发生在邻市毕节的留守儿童惨案，就觉得一刻都坐不住，必须把这些孩子救出困境。你觉得这是你作为一名警察的职责所在，也是道义所在。你把这些孩子一个一个纳入了自己的关爱视界，护在自己的羽翼底下，给他们温暖，陪伴他们成长，你成了16个留守、困境儿童的“警察妈妈”。

冬去春来，那一日，你经过白马水库，看到白马水库的水位涨高了。这个水库看似貌不惊人，却与著名的黄果树瀑布有着极其紧密的关联，它是瀑布水量调控的中枢。等到夏天来临的时

候，再有几场雨，这个水库的蓄水量还会猛涨，那时下游的黄果树瀑布也就蔚然壮观了。站在水库边，你似乎明白了白马水库给予你的无声启迪。是的，靠你自己一个人，能力毕竟有限，你也应该建一个爱的蓄水库，把全社会关爱的涓涓细流都汇入这个爱的蓄水库里，让那些缺爱的心灵得到持久而绵长的滋润。

你发出成立“爱心基金”的倡议后，得到了各界的支持和热烈响应。在你的带动和牵头下，一股股爱的暖流正从四面八方汇集过来，越来越多的人正在以他们力所能及的方式，自发地投入到这些留守、困境儿童的受扶帮扶行动中来，捐款、捐物、看望、陪伴、照顾，以各种形式向他们传递温暖。

你把这些爱心人士带到白马村，带到果寨村，带到六马镇，带到福利院，把关爱的涓涓细流引向那些缺爱的心田，浇灌他们的心灵。你欣喜地发现，在越来越多的爱的滋润下，孩子们的世界一天比一天开放，他们的性格一天比一天活泼，待人接物一天比一天大方，他们在和外界的交往中，感受爱，学习爱，也交换爱。你相信，只要坚持下去，这几个孩子将来一定会拥有健全的人格，拥有阳光的性格，拥有健康的人生。

在众多的关注下，你一如既往地微笑着，朴素而踏实。你是一名优秀的女警察，在警校时，你拿过全校的散打冠军；在公安局，你干过刑事侦查，守过尸体；在派出所，你做过社区民警……但是你自己也不曾想过，有一天，你会以母爱的名义被世人关注。

从你的内心来讲，你其实并不愿意有更多的孩子叫你“警察妈妈”，因为那就意味着母亲在这个孩子生活中的缺位。世上没有比母亲的抚爱更美好更深沉更无私更真切的感情，对一个孩

子来讲，再也没有比缺少母爱更为不幸的事了。你知道，即便你再爱那些孩子，再尽心尽力地为那些孩子遮风挡雨，但那种通过血液通过遗传通过生命的通道产生的骨肉亲情，是你再努力也无法给予的。

你能做的，就是尽自己所能，给那些陷在困境里的孩子多一点儿关爱，让阳光照进他们阴暗的屋子，让他们摇摇欲坠的世界得到有力的支撑。如果母爱在他们的生活中缺位，你愿意做他们的“警察妈妈”，你愿意以母爱的名义，为他们漏雨的世界打上爱的补丁。

1. 结合文章内容概括，文中的“你”为漏雨的世界打上了哪些爱的补丁？

____

______________________________。

2. 下列句子是文章原句，请选择它在文中的正确位置（　）

从此，白马水库旁那个风雨飘摇的家成了你每天的牵挂。每个星期，只要一有空，你就去看看老人，看看那几个孩子，你像母亲一样为她们操着心，天冷了担心她们会不会冻着，过节了担心她们有没有肉吃。

A.（4）（5）段之间　　B.（7）（8）段之间

C.（8）（9）段之间　　D.（9）（10）之间

3. 结合语境，品读下面的语句，回答问题。

“她们家的房子是摇摇欲坠的，有气无力地趴在白马水库旁的小山坡上。”这句话运用了什么修辞手法？有什么表达效果？

____

______________________________。

4．说说本文以“为漏雨的世界打上爱的补丁”为题的好处。

____

____。

5．结合文章内容概括，文中的“你”是个怎样的人。

____

____。

参考答案：

1．一是给小真、小美、小蕊一家送去生活上的温暖，让他们衣食无忧，有学可上；二是给她们带去母爱，让她们感受到心理上的温暖；三是成立“爱心基金”，带动爱心人士向留守、困境儿童传递温暖。

2．C

3．运用拟人的修辞手法，生动地写出了“她们家”房子濒临倒塌的情形，表现了她们一家人的贫穷，表达了作者对她们生活状况的同情。

4．“漏雨的世界”一语双关，既指“她们”的房屋摇摇欲坠，生活贫困，又意味着“她们”在生活中缺少母爱的温暖。这个题目运用比喻的修辞手法，揭示了文章的主题：以母爱的名义为这些困境中的孩子送去关爱，吸引读者的阅读兴趣。

5．从“你像母亲一样为她们操着心”可知，“你”是一个富有爱心（心怀悲悯、扶危救困）的女警；从成立“爱心基金”可知，“你”是一个思虑周全，胸有大爱的女警；从“在众多的关注下，你一如既往地微笑着”可知，“你”是一个朴素而踏实的人；从“孩子们脸上的戒备一次比一次少”可知，“你”是一个耐心又细心的“母亲”。（答出三点即可）

又见临海涌泉橘

（1）算起来，已经有 10 多年了。那时候，我在一个年鉴编辑部工作，那些参加编写年鉴的老人们都还健在，也还都有足够的体力爬一段古长城。

（2）我们爬的是浙江临海的古长城。那段古长城东起揽胜门，沿北固山山脊迤逦至烟霞阁，于山岩陡峭间直抵东岸，延伸至巾山西麓，依山就势，俯视大江，尤以北部最峻。

（3）爬古长城的过程是兴味盎然的，但全程 5000 米走完，下了古长城之后，明显感觉有些口干舌燥了。一时没有找到卖饮用水的小店，正在焦渴间，蓦然看到路旁有一辆农民推的板车，车上堆满黄澄澄的橘子，小小的个头，鲜艳的果色，宝石一样闪着光，引诱着人舌间生津。

（4）我当时兼着编辑部的内勤，每次出门都是由我负责整个旅行团的开销，于是我付了钱，买了 5 斤橘子，给大家解渴。

（5）各人拿了橘子剥开，尝了一下，个个眉间耸动，连连称好。要知道，这些年鉴老人都是上海老克勒（上海方言，指生活经验丰富、有品位的年长者），有着极其敏感的味蕾和丰富的体验，一谈到吃，都能讲出许多道道来，能够让他们喜出望外一致叫好，着实不易。

（6）我于是对这临海古长城下的橘子刮目相看，细细地端详起来。只见这橘子皮和果肉是紧紧贴合着的，却又不似橙，皮与果肉之间完全没有缝隙。细细地剥开皮，里面的果肉一瓣一

瓣，挤挤挨挨地排列着，就像一班幼儿园小朋友，排排坐，守纪律。它们似乎极娇弱，婴儿一样水分充盈，手稍微重一些，就破了橘瓣上的那层薄膜，沾得一手汁水。

（7）尝一口，那种鲜甜之前未曾尝到过，之后也没有哪种水果相类。那种甜，清冽，爽口，不腻，有泉的清气，有瀑的冲击，只一口，就直抵心田，所有的干和渴都得到了超出预期的抚慰。当时上海市场上的橘子，大都来自市郊长兴岛，那些橘子似乎更像橘子，肉质要粗犷些，味道也酸甚于甜。而临海古长城下的橘子简直是橘子界的天使，水果界的异类。

（8）大家围着卖橘子的农民，打听这是什么品种的橘子。那农民大约 60 岁开外，黝黑的脸，友善的表情。他说，这橘子名叫涌泉橘，是临海当地特有的橘子品种。我从闲谈中得知，这小小一枚橘子，看似貌不惊人，却是大有来历。临海市下面有个涌泉镇，是一个千年古镇，三国时期就开始种柑橘，隋唐之前曾将柑橘作为贡品。涌泉橘因为皮薄果嫩，素有“临海蜜橘，吃果带皮”的美誉。他是涌泉镇的农民，这橘子就是他亲手所种。说来奇怪，这橘子也就是当地才有，移植到其他地方就变了味道，肉质立马变得粗糙起来。

（9）一边品尝着这有来历的橘子，一边听着有意思的故事，大家围着板车买橘子，你 10 斤，我 10 斤，很快就把车上的几十斤橘子一抢而空。

（10）回去的路上，整个旅行车里都是鲜甜的橘子清香。之后，连着好几天，大家的话题都是有关橘子的：有的说家里孙子孙女特别爱吃，自己回家再没尝过；有的说回家后落家人埋怨，为啥不多买些回去。于是，大家约定有时间要再去一次临海，去

了就多背几筐涌泉橘回来。

（11）从此，临海涌泉橘就成了我们心心念念的挂想，想着总有一天还会回到临海，再去时一定要结结实实买个够。

（12）如此想着念着，一晃10多年过去了。临海之约始终未能成行，当年吃过橘子的那些年鉴老人，却在这10多年间走了几位，先是沉默敦厚的老谢，接着是严谨细致的老林，再后来是充满激情的老陈。我最初加入年鉴编辑部时，他们都像父亲一样，给过我无微不至的关心和温暖。虽然明知他们年事已高，与他们永诀只是早晚的事，但一想到从此与他们阴阳两隔，关于涌泉橘的约定只能来世再续，心里总是隐隐觉得歉疚。

（13）今年在北京待了几个月，气候干燥，很想吃些南方的水果。那天在网上浏览，居然看到淘宝网上有临海涌泉橘销售，顿时眼前一亮，立马有了口舌生津的生理反应，于是急不可待下了订单，天天盼着橘子早点来。

（14）橘子终于来了。那一箱涌泉橘，穿过10多年的时光来到我面前时，我险些落泪。当年板车上的橘子，没有外包装，模样就像村姑一样自然纯朴，如今的涌泉橘，经过妥妥的包装，在电商助力下，步步传递，终于把记忆中最美好的甘甜传递到我手中。10多年时光，人世间沧桑变换，但这涌泉橘的味道居然一点儿都没变。一样的鲜甜，一样的多汁。可是，当年一起吃橘子的那些老师们，你们都在哪里呢？此刻，好想和你们一起，再品尝这涌泉橘。

（15）细数当年一起出行的年鉴老人，健在的已经没几个，此刻，多想再和他们一起吃橘子，重温当年的时光啊。

（16）想到这里，我给那些健在的老人们每人下了一个订

单，给他们一人买上 10 斤涌泉橘。

（17）我想象着，那些涌泉蜜橘裹挟着江南古长城的气息，浩浩荡荡从临海出发，几经周转，终于到达他们面前时，他们会有怎样的惊喜。当他们用颤颤巍巍的手小心地剥开橘子，轻叩稀疏的牙齿，把鲜嫩的橘瓣吮出甜蜜的汁水时，他们一定也和我一样，回到了 10 多年前的江南古长城吧。

1. 根据文章内容，把下列情节补充完整。

爬古长城—(　　)—听涌泉橘的来历—(　　)—网上订购涌泉橘—(　　)

2. 结合语境，品读下面的语句，回答问题。

（1）“各人拿了橘子剥开，尝了一下，个个眉间耸动，连连称好。”请联系上下文，说说加点词的表达效果。

____

______________________________。

（2）“细细地剥开皮，里面的果肉一瓣一瓣，挤挤挨挨地排列着，就像一班幼儿园小朋友，排排坐，守纪律。”这句话运用了什么修辞手法？有什么表达效果？

3. “当时上海市场上的橘子，大都来自市郊长兴岛，那些橘子似乎更像橘子，肉质要粗犷些，味道也酸甚于甜。而临海古长城下的橘子，简直是橘子界的天使，水果界的异类。”这两个句子运用了什么手法？有什么作用？

____

______________________________。

4. 文章在介绍涌泉橘来历的时候运用了什么叙述顺序，有

什么作用？

____

____。

5．文末说到“当他们用颤颤微微的手小心地剥开橘子，轻叩稀疏的牙齿，把鲜嫩的橘瓣吮出甜蜜的汁水时，他们一定也和我一样，回到了10多年前的江南古长城吧。”为什么说他们的手是颤颤巍巍的？

参考答案：

1．吃涌泉橘　临海之约　为健在的老人订购涌泉橘

2．（1）神态描写，写出了有着极其敏感的味蕾和丰富体验的年鉴老人们在品尝过橘子后，对橘子味道的认可、喜爱和赞美之意。

（2）拟人，生动形象地写出了橘子果肉排列的密实、整齐，橘瓣样子的可爱。表达了对橘子的喜爱之情。

3．对比手法。作用：拿市郊长兴岛的橘子与临海古长城下的橘子做对比，突出了临海古长城下的橘子肉质的鲜嫩，汁水的甘甜。

4．插叙，交代了涌泉橘历史的悠久，享有的盛誉，丰富了文章的内容，增强了读者阅读的兴趣。

5．颤颤巍巍的原因：一是因为他们年纪大了；二是因为心情激动。收到临海涌泉橘的老人们定会由眼前的橘子联想到10多年前的那段经历，联想到那时在一起的人，联想到那个再去一次临海、去了就多背几筐涌泉橘回来的未能成行的约定，事隔多年，再看到这临海涌泉橘，心中定会涌起激动之情，所以说他们的手是颤颤巍巍的。

网，帮助群众找回物品600多件、现金2100元、合计金额210万元的借款单2张；你是河北省公安队伍中最早开通实名认证的微博民警，是河北公安系统在网上最有影响力的民警之一；你创办了河北省第一个“能够保护车主信息的代码移车卡”，以及河北省公安民警第一个“实名微信公众号”。这些，都在你的网络里，也都在你的手机里。外出的时候，躺下休息的时候，你都能通过手机连接网络，在网上宣传法律，发布预警，教给大家防范知识；也主动“接活”，回答群众咨询，帮网友解决问题。你是隐身在网络世界里的英雄，仿佛无所不知、无所不能，你是网络上不厌其烦、有求必应的微博大V“老吕叨叨”“吕蜀黍”，你是多少网友的百事通和主心骨，你又怎么忍心让那些迫切需要帮助的群众得不到你的回应？

在你昏睡前的最后一秒，你转了转头，努力地朝着安建桥警务站的方向张望。自从2012年你调到安建桥综合警务站当主任，你就把这里当成你的自留地、你的责任田，深耕细作，精心管理。你深知，石家庄市的110座综合警务服务站是人民警察服务群众的重要窗口，你的工作好坏，直接关系到居民群众的安全感和满意度。每天，走进警务站，看到阳光从透亮的玻璃窗里照进来，看到前来办事的人民群众匆忙而来、满意而去，听到群众把警务站称为“群众家门口的派出所，永不打烊的服务站”，你都由衷地为自己的工作岗位自豪。在你的带领下，安建桥警务站连续多年被石家庄市公安局评为“全市优秀公安基层单位”和“五星级警务站”。你个人也于2017年5月被公安部授予“全国优秀人民警察”称号。在这个警务站，你工作了6年多，付出了大量心血，你整个身心都在爱着你的事业，你又怎么舍得离去？

在你昏睡前的最后一秒，你的脑海里闪过留村的居民小区。河北省公安局桥东分局汇通派出所下辖的留村居委会，是你从部队转业后从事的第一个社区民警岗位。你至今依然清晰地记得，自己刚刚担任社区民警时的束手无策。为了尽快适应工作，你向有经验的民警虚心讨教工作方法，每天带着听诊器、血压计、照相机、笔记本走街串巷，一边为群众服务，一边掌握辖区治安情况，进行安全防范宣传。你用脚板来回丈量辖区的大街小巷，用热忱溶解人际的隔阂与冷漠，用微笑关怀亟须帮助的困难者与无助者，用真诚赢得居民群众的衷心爱戴。你是群众眼里笑容可掬的“吕村长”“吕哥”，留村小学校里的孩子们眼中可亲可敬的“吕校长”，群众视为你亲人，你又怎么舍得离他们而去？

在你昏睡前的最后一秒，你的意识飞过崇山峻岭，回到重峦叠嶂的太行山深处，回到河北省井陉县南障城镇支沙口村。那里，是你的出生地和成长地。太行山嶙峋、巍峨，赋予你顶天立地的男儿气概，赋予你广博而宽阔的胸怀，赋予你艰苦朴素的作风，赋予你刻苦好学的进取精神。你的祖父、祖母、父亲、叔叔和哥哥都是共产党员，家族的血脉里传承着正直善良、疾恶如仇的禀性，也传承着共产党人的初心。你读高二那年父亲离世，家境贫寒，深知底层群众的艰辛与不易，因此常常心怀悲悯，善待百姓，只要自己有一分光与热，就想百分之百地传递给需要的人。那一份根植在内心的仁爱之心，是你后来所有闪光点的出发点和活水源头。你是大山里走出来的军人、大学生和人民警察，是党和政府的关心、组织的精心培养，才让你逆境成才、茁壮成长，如今正是你服务社会、建功立业的大好年华，你又怎么舍得离开这个世界？

在你昏睡前的最后一秒，你朝着这个深爱着的人世看了最后一眼，缓缓地闭上了眼睛……

尽管医院全力抢救，仍然没有留住你的生命。2017 年 12 月 1 日上午 7 时 40 分，医院宣布医治无效，判断死亡原因为主动脉夹层破裂。

如恒星一般陨落，如山岳一般倒塌，你 47 岁的生命戛然而止。

这一天，天气晴好，石家庄市上空却是愁云锁城，燕赵大地悲声一片。人们不相信这样一位好民警突然离世的消息，很多人跑到安建桥警务站去验证消息，他们多么希望这只是一个谣言，多么希望你还能生龙活虎地回到大家的视线里。还有很多人打开微博，渴望你的头像亮起，与大家互动，继续唠唠叨叨地跟大家聊聊警情通报，聊聊治安防范，或者聊聊保健常识。然而，你的微博却停留在 2017 年 11 月 30 日，一直没有更新，一天，两天，三天……

声声唠叨，犹在耳边，憨憨笑脸，还在眼前，音容宛在，却是阴阳两隔，怎不叫人肝肠寸断?

你走了，但你仍然活在战友们中间，活在网络里，活在人民群众的心里。2017 年 12 月 5 日，你逝世后的第 5 天，你生前工作的安建桥警务站正式更名为“吕建江综合警务服务站”，“吕建江”三个大字高高挂起，在阳光下熠熠生辉。这三个大字，是品牌，也是警务站代表你向人民群众做出的庄严承诺。你的同事王永辉接过你的接力棒，成为你的继任者。每天清晨，他都会带领战友们，在警务站门前列队点名，第一个点到的是你的名字：“吕建江！”“到！”全体战友齐刷刷响亮地应答。每一个战友都是你，每一个战友都是“吕建江”，你从未离开，你还在战友们中间。你的微博“老吕叨叨”重新上线了，很多粉丝到你的微博上留言，就像你从来不曾离开，就像你只是舒舒服服睡了一个长长的觉，一觉醒来又精神饱满地开始了你的“叨叨”。

你走了，但你唤醒了人们心中爱的暖流，唤起了社会的正气，树立了民众对建设风清气正社会环境的决心和信心。某大学一个寝室的五个男生，受你的精神感召，一起从警，立志做像你一样的人民警察。不久的将来，他们都会成为像你一样的“叨叨”警察。

你走了，但你留下的感动在延续，温暖在接力，千千万万个“老吕”在不断涌现，你的“老吕叨叨”永远在线……

便衣老梁的着装照片

老梁是一名社区保安队员，生前从未穿过警服。他去世后，我用电脑为他制作了一张身着警服的照片。因为老梁生前非常渴望穿着警服拍张照片。

一

认识老梁，是在一个比较特殊的场合。

那天，我路过浦东的一个车站，看见很多人围在一起，有人在兴奋地叫："抓住了！抓住了！小偷抓住了！"也许是出于一名警察的本能吧，我一边费劲地挤进人群，一边喊道："快打110！110打了没有？"

"不用打110，公安局的便衣就在这里！"围观的群众中有人回答我。还有人议论："这下好了，这个小偷碰到便衣，撞到枪口上了。""小偷偷了什么东西？""偷了一个姑娘的手机。这小偷坏得很，偷了手机马上扔给一个小孩。""那小孩呢？""便衣抓小偷的时候，小孩跑了。现在还有两个便衣去追小孩了。”

我仔细看去，只见那个“便衣”大约50岁左右，衣着十分朴素，上身一件洗得发白的T恤，下身一条同样很旧的长裤，脚上一双黑中带灰的旧皮鞋，其中一只裂了个小小的口子。

“便衣”虽然其貌不扬，但神情中自有一分威风凛凛的气势。小偷自恃比“便衣”高大，试图挣脱“便衣”的控制。只见“便衣”猛地一把将小偷的手反背过去，好像也没怎么用力，一个漂亮的摔跤动作就把小偷摔倒在地上，左腿迅速抵在了小偷的脖颈处。动作干净而有效，小偷顿时失去了反抗能力，神情痛楚。紧接着，“便衣”一边用一只钳子般的大手把小偷的双手紧紧钳住，一边用另一只手对小偷进行搜身。手机不在小偷身上，身上也没有发现任何凶器。“便衣”迅速解松了小偷的鞋带，又抽出小偷的皮带，用皮带把小偷的双手反绑在身后。然后命令小偷站起来，喝了一声：“走！”押着小偷往前走了。围观群众连连赞叹，连我也不禁感染了作为警察的光荣和自豪。

说实话，虽然我以前在学校里也学过擒拿格斗之类的课程，但因为工作后一直在机关，如此精彩的实战还是第一次看到，所以内心十分折服。早就听说市公安局公交分局有几名颇具传奇色彩的“神捕”，也许他就是其中的一位？如果真的是，正好借机认识一下。这样想着，我赶紧追上去，跟在“便衣”他们后面。

“便衣”押着小偷来到一幢大厦的背面，找了一个两面有墙，一面是低矮绿化的角落让小偷蹲下，然后掏出一个破旧的对讲机，告诉队友已把对象抓住，自己在什么地方。在旁边车库看管自行车的老伯过来看了看，回去搬了一把椅子给“便衣”坐。“便衣”谢了老伯，把椅子放在一个正好堵住小偷的位置坐了下来，一边远眺着同伴的来路，一边警觉地看守着小偷。

小偷大约30岁左右，蹲在地上一动不动，神态似乎挺安适，看不出有紧张和害怕的情绪，也看不出想要逃跑的迹象。

天气还很炎热，又是中午，经过刚才一番抓捕，“便衣”的脸上汗津津的。我跑到附近的超市去买了几瓶水，拿来给“便衣”。或许是“便衣”猜不透我的来历，也可能他们有严格的纪律，“便衣”看到我递过的水，很矜持地说了一句：“不用了，谢谢。”

我赶紧从包里掏出我的警官证，告诉“便衣”：“我也是警察。我是市公安局的。”

“便衣”看了看我的警官证，又看了看我，一改刚才那种威严的神情，变得友好而谦恭，还站起来说：“你坐吧。”我连忙说：“不不不，还是你坐，你看你多辛苦，快喝水吧。”“便衣”这才欣然拿起了水瓶。

“你是公交分局的吧？张 ×× 你认识吧？他以前是我们单位的同事，后来调到公交分局反扒去了。”我套着近乎。

“我不是公交分局的。我是梅园的。”

“噢，是浦东分局梅园派出所的？那陶 ×× 你认识吗？他是我的同学。”

似乎对我这样的穷追不舍有点抵挡不住了，“便衣”神情尴尬地说：“我不认识，我不是民警，我是梅园街道的社区保安队员。我姓梁。”

“噢，是社保队员？”我挺意外的，一时不知道说什么好。

刚才过去追那个小孩的另外两名队员赶了过来，神情悻悻地跑到老梁跟前低语了几句。

老梁阴沉着脸，对小偷怒目而视，极不情愿地给小偷松了绑，喝了一声：“滚！”小偷踉踉跄跄地走了，嘴角露出一丝得意的笑容。

三个人沉着脸，闷了一会儿，半晌，老梁才说话：“老方，老李，你们喝水。这是市局的陈同志。”

“为什么把小偷放了呀？”我不解地问。

“哎，别提了。我和老方去追那个小孩，眼看就要抓住了，没想到不知从哪里冒出来一群大肚子女人，小孩把手机丢给大肚子女人，我和老方就傻眼了。

“犯罪证据在她们身上，让她们交出来不就完了吗？”

“哪有那么容易啊？证据在女人身上，我们又不能搜身。搜身就违法了，知道吗？”老李很沮丧地说。

“那就任凭那些人逍遥法外了？”

“有什么办法呢？拿不到证据，抓了这小子也没用。”老梁无可奈何地说着。

“这帮人显然是早就策划好了的，知道怎样钻法律空子。有什么办法吗？”我替老梁他们打抱不平，抓一个坏人费那么大劲，结果还得白干。

“这种情况我们遇得多了。前几天我们还抓了一个在医院门口贩毒的大肚子女人，送到派出所，转眼就放了。她每次带一小包，卖 50 元，量很少，而且又是怀孕妇女，很难处理的。今天那个女人又在医院门口卖毒品，看见我还笑了笑。他知道我们没有执法权，也不怕我们。这批贩毒妇女和小偷都是一伙的，都是居住在 ×× 弄的外来人口。”显然已见惯了这类事，老梁说得很平静。

“真是有恃无恐啊！法律对怀孕妇女讲人道，她们就这么钻法律空子吗？！”我有些愤愤不平。

“这批人终有一天会受到处理的。”老梁语气坚定地说，像是在安慰同伴，又像是在安慰自己。

二

第二次见到老梁是在市局大院里，我正走着，突然听到有人喊我：“陈同志，你在这里上班吗？”

我扭头一看，原来是老梁，非常意外：“老梁？你今天怎么会来这里？”

“今天市综治委在这里开表彰‘见义勇为先进分子’大会，我也被评上了。刚刚开完会，市公安局领导还和我们合了影。”老梁扬了扬手中的奖励证书，有些不好意思。今天老梁特意换了件比较新的衣服，黑黑的脸上透出一丝红晕，看得出有些激动。

“是吗？快给我讲讲你的先进事迹。”我很为老梁高兴。

“也没什么，那天凌晨 3 点我们在巡逻时，我抓住了一个现行抢劫对象。后来一审，这个对象是市局正在通缉的抢劫系列案的对象，所以我也算立了功。”老梁说得轻描淡写，但我知道这一战肯定不轻松，为抓捕这个对象，老梁和他的队友们一定付出了很多艰辛的劳动。

“你们是不是还经常发生抓了坏人又只好放掉的事？”自从上次亲眼看到老梁他们的抓捕经过，我常常担心犯罪分子会越来越猖狂，老梁他们的工作会越来越难做。

“后来我们队里把情况跟派出所做了汇报，派出所很重视，搞了两次集中整治，我们社保队配合，把那批人逮捕的逮捕，劳教的劳教，遣送的遣送。那天你看到的那个小偷也处理了。”

“太好了！”不法分子终于得到了惩处，我很兴奋。

“是呀，把这批人处理后，我们派出所辖区的治安好多了。”老梁也露出了欣慰的笑。

三

此后，我又见过老梁两次，因为比较熟了，聊得也就比较多。和很多这个年纪自认为混得不是太成功的男人一样，老梁平时也是谦恭而知趣的。他特别羡慕公安民警，对公安队伍有种发自内心的尊重和热爱，对派出所部署的任务总是十分认真地执行，甚至对警服也有一种特别的偏爱，只要跟着着装民警一起出去执行任务，他就会特别高兴。

有一次，他还对我说：“小陈，那天在市局大院里看到你穿着警服，很神气！”

我说：“是吗？有什么不一样？”

“不一样，当然不一样！穿着警服，是代表国家出去执行法律，很严肃，很威严。”

“你没穿警服的时候抓坏人，我看你也挺威风嘛。”我一半是逗他，一半也是真心话。

老梁不好意思地搔了搔头，笑着说：“这不一样。不怕你笑话，我在抓坏人的时候，有时候会有一种错觉，好像自己是一名真的警察，在代表国家执行法律。心里这样想，可能脸上真的会挺威严。不过你放心，这么多年大家都知道，我决不会违反规定冒充警察，最多人家叫我两声‘便衣’，我不否认。”

“叫你便衣，你肯定会忍不住偷着乐吧？”想起那天的情景，我有些想笑。

老梁又不好意思地笑了，随即又正色地说：“做警察真的很光荣，小陈，你运气真好！”

有时我问起老梁参与抓捕犯罪分子的事，也不知是他口才不好，还是本性不喜欢张扬，反正那些本来应该惊心动魄的场面一到他嘴里，就变得平淡无奇了。我还是从别的社保队员嘴里听到了老梁这样一个故事：那天，老梁在巡逻时看到一名男子很像通缉令上的犯罪嫌疑人，但又不能像民警一样对他进行盘查，只好灵机一动在他身后大吼一声：“站住！看你往哪儿跑！”那名男子做贼心虚，撒腿就跑，老梁一个箭步追了上去，把那名男子扑倒在地，扭送到派出所。后来一审，那名男子果然是外地来沪的凶杀案犯罪嫌疑人。

后来我又了解到，老梁就住在我家旁边的一个小区里，他爱人患有类风湿关节炎，很多年了，腿脚很不灵便。因为我母亲也患有这种病，我知道病发作的时候十分痛苦，所以我对老梁又多了一份同情。正好我母亲近日吃了一种药，效果不错，所以我提出去看看他爱人，给他爱人送点药去。老梁犹豫了一下，同意了。

老梁的家是那种老式的一室户，推门进去就是一间过道式的厨房，穿过厨房就是卧室，卧室很小，光线也不好，家里的陈设都很旧，没有一样东西是新的。老梁朝里面喊了一声："美兰，市局的小陈同志来看你了。"老梁的爱人连忙从床上起来，连连说："谢谢陈同志关心，谢谢陈同志关心。"

听到她诚惶诚恐的语气，我很难受，连忙说："阿姨你快别这么说，我妈妈也得了这个病，我知道这种病发作起来很痛苦。最近她听人介绍，吃的一种药效果不错，所以我拿给你试试。"

正说着，老梁家的电话响了。老梁接完电话，匆匆地对我说了一句："对不起，小陈同志，队里让我立刻赶过去，有任务。你再坐坐吧。"说完，就出门走了。

老梁的爱人很过意不去，说道："他这个人就是这样，一说有任务，抬脚就走。"

"你身体不好，老梁应该多照顾家里。"说实话，我对老梁的爱人挺同情的，长期生病的人心里尤其苦闷，特别需要家人的开导和照顾。

"别提了，这么多年，他在外面的时间比在家要多得多，常常深更半夜还要巡逻，要伏击守候，要协助派出所搞集中行动。有时候我跟他吵，骂他：'搞治安有公安局，有派出所，有民警，要你瞎起劲干什么？你做得再卖力，公安局会录用你当民警吗？'每次他说不过我，就会大吼一声：'你懂什么！'"

"不过，派出所和街道对老梁的工作真是非常肯定的。老梁对地区治安工作的贡献很大。"我只好这样空泛地安慰着老梁的爱人。

“唉，这么多年，我也想通了，老梁是真的喜欢这个工作。每次抓住坏人了，他就开心得不得了，一天到晚笑嘻嘻的。跑到外面，不明真相的人叫他两声警察同志，或者便衣，他就要开心好几天。我就算把他留在家里，他的心还是在外面。”

“老梁怎么会去做社保队员？”

“那年老梁从部队复员后，一门心思想做警察，结果没当上，分到厂里保卫科工作。几年前，工厂倒闭，老梁下岗了，他又千方百计去做社区保安队员。做社保队员又辛苦又危险，待遇又低，开始我是坚决反对的，但终究拗不过他。”

老梁的爱人说得很无奈，我不知道该怎么接口，只好扯到孩子身上：“孩子工作了吧？”

“说起这个，我忍不住又要伤心了。那年儿子高考，他非要儿子考警校，儿子不乐意，他气得直骂，结果儿子一气之下考到外地上学去了，毕业后就留在外地工作，几年也不回来一次。”

“老梁对警察行业真是一心一意啊。”

“这倒是真的。有一次，他鼓足勇气跟派出所一位比较要好的民警开口，想跟他借件制服拍张照，民警跟他说：‘老梁，不是我不肯帮忙，我们有纪律，不能把制服借给非警务人员。尽管我们把你当自己兄弟一样，但毕竟还要遵守纪律，是吧？’老梁涨红了脸，从此再没有开口借过制服。但我知道，他心里真的很想有这样一张照片。”

“他要这样一张照片干吗？”

“谁知道他呀，可能是想着今生今世不可能当警察了，有这样一张照片自己看看，过过瘾也是好的吧。”

四

第二天，我拿着一架数码照相机找到老梁，笑着问他："老梁，要不要我给你拍张着装照呀？"

"小陈同志，你别取笑我了，我知道你们有纪律，警服不可以随便外借。"老梁挠挠头，又有些不好意思了。

"不借警服，我也一样可以给你做一张着装照。只要用数码照相机把你的头像拍下来，然后安在另一张着装照上，在电脑里重新组合一下，就可以做成了。"

"真的吗？"老梁眼睛一亮。

"当然是真的。"我取出数码相机，给老梁拍了一张照片。又对他说："电脑 PS 技术我办公室里一位同事做得很好，可以做得非常逼真，一点儿痕迹也没有。不过最近他培训去了，等他回来后，我一定让他给你做一张着装照。看着老梁脸上的神情像个孩子一样兴奋，我不禁有些想笑，忍不住打趣道："不过，你不要拿着照片招摇撞骗啊。"

"怎么可能呢？我只不过自己看看好玩罢了。"老梁又不好意思了。

老梁最终没有看到这张着装照。在一次参与围捕一个贩毒集团的行动中，参战的民警和社保队员们遭到了犯罪分子的负隅顽抗。犯罪集团中一名年仅 15 岁的少年趁老梁对付其他犯罪分子之际，捡起一块砖头，从背后往老梁的头上砸去，老梁立刻昏死过去。送到医院急救时，医生当时就说伤在要害，无能为力了，但老梁还是挨了两天不断气。第三天，派出所所长来看他，握着他的手告诉他，贩毒集团的成员全部抓住了，同志们都安然无恙，让他安心养病。所长走后不久，老梁就溘然长逝了。

我得到这个消息，已是老梁去世后的一个星期了。没有赶上参加老梁的追悼会，也没有让老梁看到他的着装照，我的心中又痛又悔。

我的同事培训还没有回来。尽管我对用电脑制作照片不在行，但我还是决定自己为老梁做一张着装照。我照着书上的步骤一步步操作，一次次失败，又一次次重来。忙了一个通宵，天亮的时候，我终于成功地制作了一张老梁的着装照。

这是一张非常完美的照片。老梁身着深藏青色的警服，头顶银灿灿的警徽，脸上的神情是谦恭的，是温和的，是自豪的，是正气凛然的，宛如一名真正的人民警察。

看着这张照片，泪水一次次模糊了我的双眼，我的脑海里一次次想起老梁在抓捕犯罪嫌疑人时的一脸虎虎生威的凛然正气，想起他被人称作“便衣”时的一脸自豪，想起他对一张着装照的渴望，想起他对我们公安机关无所欲求的那份热爱……

我把这张照片送给了老梁的爱人。他的爱人看着照片，凄苦的脸上有了一丝久违的笑容，看着看着，她用颤抖的双手把老梁的照片贴在胸口，放声大哭……

后记　我看见了那座山

整理这本书稿的时候，我正租住在北京西城区的一幢高楼里。22层，很高；8.7平方米，很小。这个空中的蜗居是我临时的家，安放流浪的身躯，也安放文学的梦想。

我的房间有一个奇怪的阳台，没有出入的门，进出阳台必须从窗户里翻爬出去。

我中年发福的身材其实已经不适合翻爬窗户了。刚刚入住的几天，我看着高高的窗台，为难极了。我有些担心，怕窗户太窄，爬的时候会卡住；怕自己动作笨拙，上了窗台下不来；又有些隐隐的羞怯，总觉得这个年纪了还在攀爬窗户，有失端庄与体面。每次爬窗户的时候，我都要关好房门，免得被人笑话。

也许，任何技能都是用进废退吧，爬了几次，我发现自己其实很会攀爬。远古的祖先把攀爬的技能以隐秘的基因遗传给我，我却一直不知道去运用，年深日久，几乎忘了自己还会攀爬。祖先也曾遗传给我适宜攀爬的身形，而我，漫不经心，与时间共谋，放任身材越来越松散慵懒。如今，出于进出窗户的需要，我不得不像猫鼓起胡须丈量洞口那样，计算起身躯与窗户的比例。我重新练起瑜伽、游泳，还特意买了体脂秤，用尽办法，试着缩小自己，以便更加自如地进出窗户。每有懈怠，我都会告诫自己——再胖下去，这个窗户你可就爬不出去了。

爬着爬着，我的身手越来越敏捷，轻而易举地就爬了出去。一只会攀爬的猴子沉睡在我身体里，现在我把它唤醒了。爬着爬着，我欣喜地发现，这个房间不是 8.7 平方米，而是 11.7 平方米，平白多出的 3 个平方米，是我攀爬窗户换来的。我把很多物品放置到阳台上的大储物柜里，需要取用时，腿一抬，就爬出窗户，到了阳台上。在会攀爬的人眼中，窗户仅仅是一扇安在高处的门。

爬着爬着，我常常忘记自己已是中年之龄，钻出窗户的那个人似乎仍在少年时，淘气、鲁莽、轻捷、机敏，没有体重的负担，不用顾虑他人的目光，无畏无惧，无拘无束。

爬着爬着，我对攀爬窗户居然上了瘾。北京的春天来得很早，天气日复一日地晴好着，太阳射进 22 层的窗户，光鲜，直白，像响亮的哨声，很轻易地就能把人从情绪的低谷一下子拽到高亢明亮的空中。那阳光，带着暖意，日日诱惑着我——到阳台上去，到阳台上去，捧一把阳光抱抱，或者让阳光抱抱。

爬着爬着，我一天比一天快乐。我仿佛不是从一个窗户里爬了出去，而是爬出了安稳和惰性织成的包围，爬出了数十年来层层捆上的束缚。爬过窗户的我，听到自由的风在身体里回旋。

我由此而欢喜，似乎离开家乡来到北京，就是为了与这个窗子相遇，就是为了爬出这个窗子。在那个待了 20 多年的环境里，每一个新的日子都是昨日的克隆与重复，每一天的节奏都是固定的预设与编排，曾经扬起的帆已经落下，在既定的航道里，我正在安安稳稳地驶向预知的终点。

可难道这就是我的一生吗?

我还没有与属于我自己的文字相遇，还没有与属于我自己的作品相遇。她们，正安睡在一个无人知晓的角落，等着我去寻觅，等着我去挖掘，等着我把她们轻轻唤醒。

很多年来，我一直在一个小圈子里写作，不愁题材，也不愁发稿，常有文章见报，常有稿费可领，便自以为正行进在文学的路上。直到2017年的某一天，我来到北京，见到文学真正的样子，终于醒悟，以往堆积的文字只是一些行业的宣传和记录，离文学还差得很远。

从此，我便有了渴望，有了远方。我想走出原来的圈子，与文学近些，再近些。在心的驱使下，我来到了北京，来到了这个需要攀爬的窗户前，来到了22层的阳台上。

站在22层的阳台上，我看见高远的蓝天，绵软的白云；看见昆玉河春水含情，岸边的杨柳吐露新绿，随风摇摆；看见中国人民公安大学校园的操场上，学生们你追我赶，生命的元气从他们年轻的身体里迸射出来，美好得让人敬畏。我用目光一寸一寸抚摸眼前的所有，这一切无不让我心生欢喜。

站在22层的阳台上，我看见一座山。那座山，连绵不绝，耸立在天与地交接的远方。

我不知道那座山叫什么名字，我只是日复一日地眺望着它，在清风骀荡的早晨，在阳光灿烂的午后，在文思枯竭的午夜。看久了，那座山就成了我心中的图腾。

我常常想，我看见了那座山，终有一天，我要爬上去看看。

2019年春天于北京木樨地